让思想流动起来

∧ 我在成都出入得最多的夜生活场所就是白夜

> 大慈寺就好端端地立在太古里那儿

< 食与色，天然应该并立

∧ 喊一碗花毛峰,往竹圈椅里一窝……

＞ 青城二字,既是写意,也是写实

< 立春·先看见花瓣,还是先看见骨朵

∨ 春分·胡豆花和油菜花开在一起

> 夏至·夏日盛大,夏日绵延不绝

∨ 白露·夏天的裙子和虫子都在，
　去年的秋衣不知下落

∧ 寒露·驻留和远行，
　不知道哪一种更像亲密

∧ 立冬·一生中遇到的最大的难题，就是美

HOMETOWN

故乡

另一个季节的幽独

洁尘 著

四川人民出版社

自序
故乡和自己的城市

之前，我有一本关于成都的随笔出版，《城事——某种与幸福类似的生活》（2006年8月，成都时代出版社，以下简称《城事》）。这个标题来自2002年诺贝尔文学奖得主凯尔泰斯的一段话："没有什么荒谬是我们不能够自然地生活于其中的。我们已经知道。幸福如同某种绕不开的陷阱似的正在我的人生道路上窥伺着我，因为即使是在那里，在那些烟囱旁边，在痛苦的间隙中，也有过某种与幸福相似的东西。"

这次我整理这本书稿的时候，首先计划的是对那本书在18年之后做一次大的修改和增补，然后再加上从2006年之后的我关于成都的一些文稿。当我重新拿出《城事》来读的时候，我发现，基本不可能修改增补了，原书的绝大部分内容已经不能再用了。于是这本书成了一本新书。

18年前的《城事》，让我觉得陌生又别扭。卡尔维诺说："城市就像一块海绵，汲取着这些不断涌现的记忆的潮水，并且随之膨胀着。"当以前的文字摆在我面前的时候，就会发现这句话该如何理解了。确实如此，城市不仅膨胀，而且变形。18年前贴近式的书写，时空一拉开，简直傻不忍睹。另外就是我自己的问题。我这才发现，青年的我和中年的我，差别真的很大啊，大得让我真有点错愕。倒也很有意思。

现实和内心完全可以不搭界。这话说得对，但不完全对。现实是每天一分一秒走过去的日子，是日子里那些难以逾越只能忍受的东西。内心则广阔了太多，它可以是一朵桃花，可以是对另外的心灵、另外的生活的遥想和猜测，可以是一本书里的一段话让你发愣的那一刻，也可以是在进一步完成自己的过程中备感迷惑、痛苦但同时又喜悦、快乐的经历。我一直觉得，当现实和内心彻底分离，然后又在某一个特定的点上瞬间融合的时候，人就得救了。

每个人都有一个地理上的故乡，也有一个自己的城市。自己的城市可以理解为定居地，也可以理解为心灵故乡。对于很多人来说，故乡和自己的城市这两个概念不见得是重合的。我很幸运，成都，既是我的故乡，也是我的城市。

本书分为五个部分，"我在成都""我看成都""她们在成都""他们在成都"，另外附有一个关于成都节气写意的短诗"别录"。

特别要说明的是，"她们在成都"和"他们在成都"这两组人物，是被"点卯"的结果，是这十来年里杂志的约稿或者是跟工作相关的撰稿，主要涉及写作圈和艺术圈的朋友，在此基础上，整理书稿时我做了比较大的修改和增补。我就没有另外增加人物名单了。在成都，温暖的友情对于我来说是非常重要的一部分。在这本书里，我的很多朋友的身影会闪现其中。

18年前，我在《城事》那本书的后记里写道：

我在成都生长，像一棵地里从根生长起来的开花植物，质地细腻记忆深刻地过着我不是树也不是草的日子。花朵有绽放的声音，只有想听的耳朵才能听得见。我听得见我的花朵。……在这里，我是一条惬意的鱼，有足够的滋润，有我的饮如甘饴的市井空间。成都的天常常是阴阴的，不厚，有清凉穿梭在空气中；有阳光的日子也绝不会嚣张，很有分寸。成都不是什么金玉锦绣之地，富贵温柔之乡，它是银质的，样式素丽，做工精致，只有识货的并有底气的人才能担待它的美。

很高兴的是，现在，我还是可以这样很抒情地看待成都。

2023年11月30日　于成都

目录

第一辑　我在成都

铁半城西二巷忆事 / 3

故事 / 12

正午 / 16

酱油饭和汤圆 / 19

我的大学 / 24

前辈文化记者的娱记情结 / 29

关于"鉴碟"的回忆 / 33

格子·笔记本·书写癖 / 37

另一个季节的幽独 / 43

深宅状态和另外的职业 / 64

走到玉林西路的尽头 / 69

曾经的大慈寺 / 82

回到红星路 / 92

突然走到庆云南街和干槐树街 / 98

第二辑 我看成都

何谓本能生活 / 107
在成都时间里泡茶馆 / 113
好吃还是苍蝇馆子 / 119
余震中的民间成都 / 129
宽巷子窄巷子，还有一条井巷子 / 138
就近去了黄龙溪 / 145
安仁逸话 / 149
青城山闲话 / 153

第三辑 她们在成都

翟永明：正如你所看到的 / 161
王鹤：正格书写 / 168
宁不远：正面肖像之后 / 174
她们的美、才华、忘情和自由 / 182
 罗敏：涩之粹 / 184
 彭薇：山水和内心 / 186
 周露苗：阳光下的僻静 / 187
 朱可染：美让人悸动，虚无让人安心 / 189
 曾妮：任其洗练，兀自斑斓 / 191
 董津金：快意清幽，一瞬旷森 / 192
 胡顺香：虚薄和徒劳 / 193
 宋宛瑾：清音初啼 / 195
 吕康佑：左边永远是右边，而你爱我 / 196

贾霞：夏日一只蝶，飞过我瞳海 / 198
梅子：寻找千利休 / 199
欧阳雪竹：也许并非如此 / 201
陈薇：行笔荡荡 / 203
吴奇睿：日常和内心的深处 / 204

第四辑　他们在成都

何多苓：天生是个道家 / 209
何工：高地和地图 / 223
钟鸣：时间和空间以及那个年代 / 239
刘家琨：建筑之外 / 246
何小竹：苹果永远是一个隐喻 / 253
李中茂：成为一个画家 / 263
石光华：整体主义家宴 / 267

别录：成都节气写意

立春·初绽 / 275
雨水·濡羽 / 276
惊蛰·虫视 / 276
春分·烂漫 / 277
清明·洞悉 / 278
谷雨·选择 / 278
立夏·深渊 / 279
小满·秘密 / 280

芒种·逸出 / 281

夏至·无尽 / 281

小暑·眩晕 / 282

大暑·滋味 / 283

立秋·期颐 / 284

处暑·恩宠 / 285

白露·摇曳 / 285

秋分·纯朴 / 286

寒露·亲密 / 287

霜降·欢喜 / 287

立冬·难题 / 288

小雪·覆盖 / 289

大雪·踪迹 / 290

冬至·涉笔 / 291

小寒·往事 / 291

大寒·低语 / 292

第一辑 我在成都

铁半城西二巷忆事

一

在成都的北城，人民北路一带，向北到火车北站，朝西至沙湾，这一大片地区以前被称为"铁半城"。"铁半城"里趴着两个巨型单位，一个是成都铁路局，一个是铁道部第二工程局（今中铁二局），简称铁二局。1960年，我父母从北京铁道学院（今北方交通大学）毕业后分配到成都铁路局，在此工作、结婚、安家，生两个女儿。我是小的那个。

之所以说是巨型单位，是因为里面什么都有，除有关铁路的无数部门之外，幼儿园、中小学、中专、医院、剧场、影院、商店、书店、专业体工队和专业文工团……什么都有。但说明其巨型的关键因素还不是这些，而是因为它有自己的公检法系统。

到我上大学之前，我的活动范围基本上就在铁半城。

有一年，诗人孙文波在我家聊天，说起我们曾经都非常熟悉的人民北路那个区域，就激动了。街口的新华书店；书店旁边的副食中心；书店对门的百货商店，店员写好票据收了钱后，夹在头顶的木板上，通过铁丝刷的一声，扔到收银员那边；斜对门的铁路局机关大门和里面几栋沉稳的大楼；白马寺的木综厂；木综厂后面的游泳池；还有俱乐部的电影，票价2毛5……那天聊成都北城的老光景，久居北京的孙文波感慨："我发现，这些年，我无论住到哪里，都住在城市的北面。"那天也在我家聊天的诗人石光华点评道："这就对了嚓，这就说明你找到北了嚓。"

孙文波是铁二局子弟，算隔壁子的人。隔壁子还有个很有名的人，我不认识，但大家都知道，张国立，他曾经在铁二局文工团待了很多年。铁路局子弟里头后来还出了一个大名人，李宇春。我的朋友中，同属铁路局子弟，同样从成都铁中毕业的，是女诗人靳晓静，她是我的大师姐。

铁半城的成都话在成都是一个著名的梗。因为这个区域的家庭大多是像我家这种从外地移民来成都的，普通话是这里的官话，所以成都话里夹杂着很多普通话的发音。我中学时，去参加过成都市的优秀学生表彰会，我们坐的位置前会有"成都铁中"的牌子。会议开始前，时不时就会有成都市区的男生跑到我们位置前，喊道："铁中的女同学，你们的鞋子好漂亮哦。"笑点在"学"和"鞋"这两字上，他们故意用普通话发音。成都话里，学的发音类似于"xio"，"鞋"读成"hai"。现在说来被这样调侃骚扰真不算什么，但当时真是囧得不行，只好面无表情佯装镇定。我刚到成都晚报时，没几天，我的上司何大草知道我是铁路局子弟，突然对我说:"你们铁路局的街好宽哦,你们铁路局的树子好绿哦。"其中"街"和"绿"都是普通话发音,而成都话里,"街"读成"该","绿"发"陆"音。我一时相当愕然,随即大笑,想不到这么端素的领导,居然被我这个铁路局子弟瞬间激发出了童心,回归了早年成都市区男生的恶作剧传统。

二

偌大的铁半城,我常年出入的是西二巷。我家住在母亲任教的被叫作铁工校的铁路中专宿舍。

早年,从铁工校宿舍区门口出来,走300米左右的砖石路,右边是铁工校的围墙,墙里有不少柚子树(成都话叫汽柑树),超出墙头很高,花香笼罩之后,一年中总是有很多时候,汽柑挂在枝头引诱着孩子们去勾扯。我不止一次地爬上去,不记得是否扯下过汽柑,但没有摔下来过倒是真的。上下墙头的时候,同院的小伙伴,一般是男孩,就弓着背当踏板。

砖石路的左边是一排简易工棚,走到头,向左拐,再走500米左右,就到了成铁二小。那是我小学母校。后来,沿着西二巷一直走到头,沿一环路北侧朝西走四五百米,一环路南侧对面就是我的中学母校,成都铁中。

小学三年级从南京转学回成都之后(小学二年级到三年级,因父母太忙,加上闹地震躲地震,我在南京上小学,由姑妈照顾),

小学后面的几年和初中的前两年，西二巷是我常年战斗的战场。那些年，我最讨厌的就是一种叫作"男生"的东西。这种"东西"会在放学路上追在后面扔小石子，会突然把猪儿虫塞到女孩的衣领里，会把黄鳝放进女孩的文具盒里，会霸占女孩子正在玩的乒乓球桌，会在路上怪声怪调地高声叫女孩父母的名字，会疯狗一样一把把女孩子正在玩的皮筋给夺了去扔到树上挂起……我跟男生结仇早在幼儿园。我在水泥圆管上跳着玩，被男生推搡，下巴磕在水泥管边上，血一下就喷出来，胸前一片鲜红。我傻在那里，也不觉得疼，周围大人看到赶紧给抱到医院，然后通知我父母。听说脑袋打麻药会影响智力，我父亲是个强硬的人，摁着我，就那么生生地让医生在下巴内侧给缝了好多针。

小学五年级，有一天我经过西二巷的围墙，赫然见上面有粉笔写的我的名字——"某某喜欢某某，不要脸"。前面的某某是我，后面那个某某是我的一个男同学。我站在那里，无比愤怒（我知道是哪个男生写的），加上有点心虚（我是有点喜欢那个男同学，他跟其他浑球男生不一样，不爱说话，很安静），一时间头晕目眩。

因为太讨厌男生这种东西，那几年打过很多次架。一般不在学校里打，怕被老师拎到办公室去受训，还要被请家长。打架现场往往就在西二巷，大家先检查一下书包扣子扣好没有，然后抡起书包追着打。比较厉害的时候，是拿出书包里的乒乓球拍，追，扑倒，用拍子打，成都话叫铲。我发育早，相比同龄男生个子要高，而且一般没打几下就会被周围人拉开，所以也没怎么吃过亏，只是在地上滚得稀脏。

铁路局子弟的家长们太忙,很多人经常出差在外,管孩子的时候很少。小孩子打架也几乎不会回家告状。现在想来,那个时候的铁路局大院,大人们的背后虽然乌烟瘴气,但小孩子们的斗殴风气倒是相当硬朗,值得赞美。我不太清楚我父母当时知不知道我在外面会打架,但我身体好,成绩也好,他们也不用操心。我姐比我大好几岁,在上中学,大概也不太清楚。我母亲知道我有一个外号,叫"野人",是铁工校的花工师傅告诉她的。我姐从小是个乖乖女,很斯文,但有一次放学路上听说我被同院的一个男孩儿打了,她就把那个男孩儿找到打了一顿。看来我们姐妹骨子里的剽悍基因还是相同的。

最后一次跟男生打架是在初二。跟同组一起做清洁的死敌男生打起来了,彼此用扫把和拖把抡打,用桶里的脏水泼对方。其实光在教室里打还不会有啥事(成都铁中早年在成都是出了名的风气野蛮的学校,只要不出大乱子,老师们也不会太当回事),因为双方都很投入,就挥舞着"凶器"打到了走廊,从三楼打到了二楼、一楼,于是被逮进了政教处。政教主任有事在忙,让我们站在办公室的一角,面窗思过。夏天的黄昏,同学们早放学了,学校操场空荡荡的,玻璃窗上反映着绚丽的晚光。我饥肠辘辘,狼狈不堪,心想这回学校一定会请家长,又加上了几分恐惧。政教处的一个年轻女老师,当时担任学校的团委书记,进办公室看到我站在那里罚站,就走过来,温柔地理了理我的头发,说:"是女孩子哦,是干净漂亮香喷喷的女孩子哦,为什么要把自己弄得这么脏啊?!"我一愣,然后侧过脸看了看身边那个敌人,又矮又肥,满脸污垢,还在嘿嘿傻笑,我突然间羞愧难当,身为女性的自我意识瞬间被激发了。成都老话里经常说,要爱好。我作为一个女孩子,这么不爱好,经常被"猪"激怒,而且跟"猪"一起滚打到猪圈里,我这不是蠢爆了吗?!当时就这么想的。从此,我彻底告别了西二巷战场,不再打架了。

三

小学时的西二巷,过了拐向铁二小那个小十字路口,笔直往下走,右边是一片农田,左边是铁路局局级干部宿舍,全是一栋栋的二层红砖小楼,也就是我们后来说的别墅。

那片农田,我现在还记得是蚕豆地。成都人把蚕豆叫胡豆。

后来,每次我遇到胡豆地,总要问同行女友:"你们小时候拔过泡儿没有?"

选一片饱满匀整的胡豆叶,摘下来,从边缘开始轻轻吸嘬,叶片的上下两层逐渐分开,逐渐中空,最后成为一个鼓囊囊的叶泡儿。对着阳光,这个叶泡儿像碧玉一样清透美丽。我们把这个叫"拔泡儿"。拔泡儿很不容易成功,吸嘬的力度要控制好,轻了拔不通,重了叶片就破了。

那些年一起在胡豆地拔泡儿的孩子们,都是铁路局子弟,都住在铁路局大院里。有一年中学同学会,一个男生和我倒叙往事,结果他居然是从幼儿园、小学到中学,都和我同班(中间有一段时间我在南京上学)。这样的发小,还有好些呢。

小时候,虽有几个男生死敌,但也有男孩子是我的好朋友。我的发小里,有一个小名叫三娃儿的男同学,性格温柔,有点小迷糊,成绩差得一塌糊涂。他是我的同桌,跟我特别要好,我们从不吵架打架,他手肘过了三八线我也不会用文具盒敲他。每天三娃儿放学之后就到周围的垃圾堆去翻找,捡糖纸,回家后用清水把糖纸上的糖渍仔细地洗干净,然后贴在玻璃上,干了后揭下来,夹在课本里,第二天上学时给我。我给他的回报是所有的作业都让他抄。铁路局的孩子从小有个优势,就是糖果很多。几乎每家的家长都经常出差,全国各地到处跑,可能因为陪孩子的时间太少,到了外地就买很多糖果回家作为补偿,所以品种特别丰富。我集有厚厚几本糖纸,一些稀有品种我有好几张,拥有充分的实力和别人调换。这个全靠三娃儿每天勤劳地在垃圾堆薅刨。

三娃儿的父亲是山东人,后来调走了,三娃儿就转学了,大概是小学四五年级的事情。当时我很难过。

我到报社工作后,有一天回铁路局父母家探望,从铁工校出来时沿着西二巷往下骑,突然,一个男的紧贴着我骑在旁边,还超前一点扭头看我,我有点害怕,没敢看,紧蹬车子。那男的贴过来看了几次之后,干脆一加速别在我前面停下来,然后伸手扶稳我的车把。这半路劫道的我还是第一次遇到,惊慌中抬头看,是一个高个子的男青年，应该不认识，但眉眼又依稀熟悉。男青年开口问："是小洁吧？"我一下子想起来了，天啊，居然是三娃儿！

于是聊天叙旧不亦乐乎。三娃儿高中后就参军了，后来回到成都一段时间，再后来又离开成都了。

当年铁路局大院里一起长大的孩子们，高中毕业之后就各奔东西了。很多年彼此没见了。而西二巷，在我们的集体忽略中，一点一点地变化着，农田消失了，街道拓宽，两边的房子越来越多，街道两边的夹竹桃逐渐浓密成林。再到后来，夹竹桃又被集体铲除。那些红砖小别墅倒是还在，逐渐被藤蔓给全面覆盖，到了春夏时，成了绿色的小楼，隐隐地透着下面的暗红砖底色。

有一天，我突然发现西二巷成了印刷物资一条街，街面光秃秃的，而在我的记忆里，这里分明还是我中学时每天上下学的那条有树荫庇护的小街，光斑在树叶间跃动，又跳到街面上，我和女友们吹着泡泡糖走着，随时有同校男孩子骑着车从身后迅疾地飞掠过去，像鸟一样。

我在西二巷盘桓的最后那几年，是我儿子有一段时间上铁路局第三幼儿园的时候。当时我和先生都在报社，很忙。铁三幼就在西二巷，儿子由我父母每天接送，周末时我再带回我自己的家。那个时候，跟我儿子同上幼儿园的孩子，有几个是我发小的孩子。这些孩子一般是不会再打架了，每家就一个孩子，老辈人全天候跟着，生怕磕着摔着的。我和发小接孩子的时候偶尔会遇到，彼此笑呵呵攀谈几句，说说孩子，问候一下彼此的父母，相当客气，也相当陌生。往日斗殴的过节早就不复存在，而童年时一同玩耍嬉戏的美好留存在记忆的远处。对于过去，我们从不谈及。

父母后来搬离铁路局大院，搬到城西北的交大路去了。然后，我再也没去过西二巷了。西二巷对我来说，早就消失了，它可能只会存在于我日渐稀薄的记忆中和以后不断累积的文字里。现在的，还有以后的文字里。我可能会为它写很多吧。西二巷，会被我回忆、描述、铺衍、润色，最后成为一条虚构的街道，在现实里彻底消失。

故事

我一想到那个故事,就首先想起那对傍晚吵架的小两口。我的意思是说,我总把故事和那对吵架的小两口缝在一起放在记忆里。

那天晚饭过后,我刚刚把小黄凳从二楼上带下来,放在黄葛树下,那年轻女人就号着冲了出来。在她冲出来的前一瞬间,好多青果从一楼她家的窗口扬了出来。其中一颗正打在那个小名叫狗狗的女孩头上,她嘴里正包着饭菜在嚼呢。

女人光着脚在地上来回踩着,哭着,有一缕头发含在嘴里,她不住声地嚷着:"我的青果,我的青果。"好些青果就在脚边,可她够不着,因为那男的使劲地拽着她往回拖,还一个劲儿地骂着:"你这个笨蛋,回去,笨蛋。"

我在一旁笑嘻嘻地看着,很赞同那男人的说法。

那时是夏天,很多人在外面乘凉。大家就这么看着。有个把人说:"算了吧,算了吧。"不咸不淡地,也不知道是在劝那女人,还是劝那男人。

站在我身后的李奶奶突然说:"这男的真不是个东西。扔什么不行？扔人家的青果！怀孩子的人就贪这一口。"

我转过身说："可她是个笨蛋呀？！"

周围的人都笑了。李奶奶很生气，北方老太太好像都很容易生气。她跺了跺脚说："啊！就是笨蛋也有权利吃青果呀！"她的大鼻孔呼啦呼啦地扇着，跟她手上的大蒲扇一样。

我想了想，好像是这个道理。没有人说过笨蛋不可以吃什么。

女人终于被男人拖了回去。她一颗青果也没捡着。狗狗打扫战场般四下里看了看，说，都踩烂了。

每天傍晚讲故事的小娜姐姐站在黄葛树下说："喂，你们还听不听？"她梳着刚洗过的头发，两只胳膊向后别过去，胸部在小花布衫下面显得鼓鼓的。那个叫庆儿的小男孩已经坐在我的小黄凳上了。他每次带的是那种几根带子绑着的折叠小凳，又旧又丑又不舒服。我用脚尖踢踢庆儿的屁股："起来，坐过去。"

"今天讲个大白脸的故事。"大家都嘻嘻地笑起来，小娜姐姐也笑。这故事讲过好几回了。

"从前，有一个地方，一到晚上就闹鬼。那鬼呀，有见过的人说，长着一张大白脸……"

天渐渐地暗了下来。小娜姐姐在我对面，眼睛和牙齿都很亮。啊，那男人出来了。我坐的地方正对着大门口。他慢慢地在地上东看看西瞅瞅，很疲倦的样子。我觉得他很好看。他们刚搬来不久，我也不知道他姓什么，可这不妨碍我觉得他好看。疲倦的陌生的男人总是好看的。

我捅了一下狗狗:"那男的捡了一个青果。"

狗狗闪了闪身体,专心听故事。

"嘿,他真捡了一个青果。"我又捅了一下狗狗,"你不是说都踩烂了吗?"

"小洁,你再捣乱,以后就把你开除了。"小娜姐姐说。其他几个小孩不满地用眼斜我。我赶紧坐好,闭嘴。

"……第二天,这个人说,我吓死了,真有鬼,真是张大白脸。那个人说,真有鬼,我昨天晚上被大白脸打了一巴掌。"

大家都咯咯地笑了。这是个有趣的鬼故事,百听不厌。我看着那男人慢腾腾地往回走。

"大白脸到底是什么呢?"小娜姐姐问。她每次讲这个故事到了最后都要这么问。小伙伴们便一齐高声答道:"是人的屁股。"然后,笑得像一群小疯子。那男人已走到大门口了。他在那儿停了一下,进去了。我们这边笑得这么厉害,他肯定听得见。可他的背影看上去真有点伤心。

天黑了。妈妈们喊自己孩子回家的声音此起彼伏。我抱着小黄凳往回走,心想:那女人吃了青果也许就不那么笨了;那男人也就不会那么疲倦、伤心了。当然,他也许就不再好看了。

有一年妈妈处理旧家什,翻出了我的小黄凳。妈妈说:"那年夏天我们从西一环路宿舍搬到铁工校的时候,你就抱着小黄凳走在最前面,得意扬扬的。"妈妈微眯着眼,很神往的样子,"那时,你可真神气,真是,神气极了!"

我说我记不得了,是不是那个青果的夏天?

妈妈莫名其妙。"青果的夏天?什么意思?"妈妈一直说我是个十分奇怪的孩子,她一直这么说,现在还这么说。是的,是的,有些故事不管是说出来,还是写出来,只有我觉得它们还有点意思。

正午

就那时的情形和我目前的心境而言,我觉得我的叙述清晰得近乎于说谎了。不过,所有关于夏日正午的记忆都可视作一次梦魇。这一点,好多人都是赞同的。

在烈日炎炎的正午时分无所事事地站着,或蹲着,这是那些生活得很有意义的人们匪夷所思的行为。聪明人都去午睡了,剩下的只有我和那个小男孩儿。

我在树荫下已站了很久了,几乎和那个小男孩儿蹲在太阳地里一样久。我很欣赏他那个木呆呆的侧影。

男孩儿专心地抠着地上的硬土。他在我认为他说什么都该站起来的时候站了起来。他四下里看了看,没有发现我,或者是不愿意发现我,然后选了一个小石子儿向他身后的那个大斜坡掷了上去,然后,转过身来,微仰着脸,做出一副死到临头的表情。

小石子儿没有越过斜坡顶。它在斜坡的上端顿了一下,便一跳一跳地,很活泼地蹦在小男孩儿背上。

男孩浑身一抖,攥紧拳头,大吼一声:"谁?谁打我?

出来！"

蝉声轰鸣。没有一丝风儿。太阳光白刺刺的，让人只能称赞它的确恶毒。

过了一会儿，男孩儿又拾起一个小石子儿，我觉得比刚才那块大了一些。他照原样又来了一遍；石子儿也挺仁义的，一点儿也没让他失望。

"谁？出来！再不出来我就发火了！"男孩尖声咆哮着。

我很惊奇他怎么就算准了那小石子儿会蹦到他身上？

男孩清了一下喉咙，大声说："我是个很厉害的人。最好是你自己出来。"他是在说，没有喊。

我快落泪了。想哭的念头是那么强烈，以至于不得不张开嘴笑。我不认为有比这个夏日正午更孤独的时刻了。有人曾说，孤独最甚时分是在深夜街头听到有人大笑。我可以嘲笑这种说法。

男孩儿又在找石子儿了。我敢肯定他会选择那块鹅卵石。我可不愿意他哭。如果他疼了，哭了，这就太过分了。虽然我知道这孩子是在演出，但我情愿相信他真的是在寻找凶手。

我拾起一个小石子儿，向他扔了过去，落在他脚边。

他转过身来看着我。我知道他一定这样想：这个傻瓜女人。

我转身走了。我要去睡午觉了，我一定要去睡午觉。

男孩儿其实在感激我。我心里明白。而我自己就从来不曾有过这种幸运，谁会向我掷一个小石子儿？谁会无缘无故地替我承担？究其根底，那是因为我常常是一个真正的肇事者。

要走到我能睡觉的地方有一段很长的林荫路。蝉声和被削减了的白炽可以令人走到遥远的时光里，比如童年，比如午睡醒来时分。但我却想起那两句著名的日本歌谣：

> 从蝉的叫声中判断不出它的末日。在这秋之暮的时光里，这条路上还不曾有一只消失。

我承认，这两句歌谣里的确没有什么感情的成分。

酱油饭和汤圆

《深夜食堂》里,一个寡言硬朗的中年男人开了一个小饭馆,每天半夜12点开门,早上7点关门,专门供应给在夜间工作或活动的人群。来来往往的,这些人也就成了熟人,他们习惯在深夜时分来到"深夜食堂",吃一点家常饭,聊一些体己话,心和胃还有身子充实暖和过来后,再回家去睡觉。一般说来,深夜里还在街上出没的人,总是比一般的人有着更为凄惶更为艰难的原因,所以,这部电视剧也就透过老板的眼睛,讲述了一个个特别的故事,人情之隽永之深邃之无奈之超然,尽在其中。

剧里有一种饭叫作"猫饭":老板用刨子从风干的鲣鱼肉上刨出鲣鱼片,捏一撮,放到刚出锅的白米饭上面,然后淋上些许酱油。这道饭菜做起来非常简单,但看上去就非常美味。我对此有特别的感受。我觉得"猫饭"跟酱油饭有着类似的味道。想想看,热腾腾的白米饭,拌上猪油和一点酱油,再加上一点鱼松或者肉松,那就是非常美味的东西。就是没有鱼松和肉松,光是猪油酱油饭,也是百吃不厌的东西。

小时候我酷爱两种拌饭，一是豆豉饭——把黑黑的豆豉拌到白粥里。黑灰黑灰的，看上去很丑，吃起来很美。

豆豉饭是我幼儿园时期的美好记忆。那时，早饭都有白粥、馒头，还有下饭的豆豉。有没有鸡蛋我记不得了。我不喜欢吃馒头，一般吃两碗白粥。我把豆豉拨到粥里，一边慢慢用筷子搅和，一边偷偷看老师是什么神情。老师对我说过，不要这样吃，看上去很恶心。当然，她说得很温和，没有强迫我改正的意思。我不改，但在乎她的意见，总是希望她没有注意到我。要说我也不明白她，她是北方人，我看过她好多次吃面条，没汤，就这么干干的，白白的，她还经常捏根生黄瓜吃。这种吃法，在我看来其实也挺恶心的。我从小就喜欢把饭弄得五颜六色的，一般来说，我总是先吃菜，饭是不动的，最后把各种菜汤倒进饭里，色香味俱全，呼噜呼噜地就吃完了。

还有一种拌饭就是酱油饭。一碗刚出锅的滚烫的米饭（饭一定得很烫），舀上几勺猪油拌匀，然后再添酱油拌匀。猪油呢，多少没什么关系，当然多一点比较好，口感比较滋润。但太多也不行，会腻的。关键是酱油的分量，得不多不少，少了味道就寡了，不香；多了就更麻烦了，咸了，没法吃。

好些时候，工作日的中午是我一个人的午餐时间，我时不时也要搞一次酱油饭来吃。酱油比以前小时候吃的好多了，一般是用李锦记的生抽，颜色也好看，拌出来的饭油红油红的。吃着拌饭，有的时候，幼年的时光会走到面前来——带我的那家婆婆对我父母说，还乖，也听话，就是不好好吃菜，就喜欢酱油拌饭……带我的那家婆婆住在一楼，黄昏时估计父母已经回家时，我会自己跑回四楼去，咚咚咚地敲门，喊，我回来啦！……那个宿舍楼前的院子里有一棵非常大的树，后来我知道那叫黄葛树。……院子里有很多栀子花，夏天傍晚，花香、蒲扇、鬼故事……

看来，逗引出记忆的最好的媒介就是味道这东西了。在《追忆似水年华》里，普鲁斯特打捞梳理如同汪洋般的记忆，就是从一块玛德莱小点心在嘴里融化的滋味开始的。我们每个人回望过往的日子时，当时的故事、心境都可能会模糊掉，现场的气息、光影也可能物非人亦非，但很多时候，味道这东西被镌刻被铭记下来了。而且，小时候的饮食习惯，由于处在印刻期，更是有可能伴随终生，比如，我对拌饭的热爱。到现在为止，我依然特别喜欢拌饭这东西，韩式料理里，各种拌饭我就爱不释口。豆豉饭和酱油饭当然不能算是"料理"，但毕竟是小时候就喜欢上的一种口味，挺顽固的，现在还是喜欢，偶尔吃一回的那种喜欢。

咸和甜，这两种口味一直就在我的童年记忆中，关于甜蜜，离不开汤圆。

成都的文化公园几十年来都会在春节期间举办灯会，一般会在腊月二十八左右开灯，一直要延续到正月十五元宵节之后才闭灯。对于当时我们小孩来说，春节期间由父母领着去逛灯会是一件盛事。一般来说，我们下午就会去公园转转，顺便到灯会附属的小吃展上吃小吃，比如酸辣粉、三大炮、张凉粉之类平时很馋但不容易吃到的东西。白天公园里扎的灯虽说看上去也是五颜六色的，但那些铁丝、竹竿的框架和浓厚粗糙的彩纸，看上去很俗很难看；可是，夜幕降临一开灯，整个世界就全变了，一切都显得那么精美梦幻。那时我小，但我也明显感觉到夜与昼之间的巨大区别，感觉到夜色的遮盖作用、模糊作用，甚至提升作用以及灯的神奇效果。如果有可能的话，我真不愿意白天先到公园里，我希望直接在夜晚目睹辉煌和绚丽的场景，可是，那时又有哪个小孩能抗拒小吃的吸引力呢？

在灯会吃小吃，对大人孩子来说还是有一定吸引力的，毕竟平时不能这么全面地集中地选择小吃。我们在灯会吃小吃，是不会吃汤圆的，因为自家会做。

在我的童年，制作汤圆是家家户户的一桩大事。先是排队到粮店买回糯米，放在大盆子搁水浸泡一夜，待第二天借回石磨，就可以推汤圆粉子了。磨子对我来说一直是个谜，它是谁家的呢？谁家会置办这么一个平时没用过年专用的笨重家什呢？但似乎很多宿舍楼里总有一家有这个东西，离过年还有一个多月就开始预订，各家排着队使用。要到排到的头天晚上才能泡糯米。推汤圆粉子的过程对于孩子来说是一种带有游戏性质的劳作，全家都上阵，父亲转磨柄，母亲往磨洞里添糯米，我姐拿着小勺添水，我拿着小勺把碾出来的雪白浆汁往扎在出口处的白布口袋里赶。一口袋鼓囊囊湿漉漉的粉子磨好，扎好口子，架好凳子，横放一根棍子，把口袋吊好，下面放好接水的盆子，然后，就要开始另外一个工作了，那就是做芯子。剥花生、核桃什么的，剥好之后和着芝麻一起舂成泥；这一切前期工作做好之后，就守在妈妈身边看她加白糖、猪油什么的，顺便还可以舀上一勺先吃。一般来说，所有的工作都会在大年三十之前做好，初一早上解开已经吊得半干的布口袋，挖出粉子来，包上馅，下锅煮过年的第一顿汤圆。成都话里说美女是粉子，就是从这个汤圆粉子的典故来的。那真是雪白细腻柔滑动人的东西，拿来作比皮肤白皙细腻的成都美女是很合适的。

我的大学

我是在成都生长的,但在考上四川师范大学之前,我没有到过狮子山。1985年9月初,我去报到。我和我妈从城北提着行李转了三趟车到川师大。车过双桥子后,一路烂房子、田坝坝,心情一直往下沉;那天又在下小雨,踩了一脚稀泥,裙子下摆上全部溅上了泥点。我垮着脸一言不发。我妈说,谁叫你考得不好呢;我倒是情愿送你去北大清华,送到川大也可以啊。我终于说话,鬼晓得师大是在乡坝头,早知道我情愿复读一年。我和母亲在红旗橡胶厂门口下车,踩着一路稀泥走到学校大门。站在大门往里看,并没有看到山的模样,只是一条上坡路显示出它不同于一马平川的成都市区的地势。

进了校园心情还是好一些了,依浅丘而建的校园挺漂亮的。不过,在我在川师大读书的四年里,糟糕的出行方式一直没有什么改变。破旧不堪的沙河堡镇、破旧不堪的道路、破旧不堪的公交车、破旧不堪行将倒闭的这个厂那个厂,城东郊区萧索的气息一直伴随着我的整个大学生活。当然,我后来很快就知道不必在红旗橡胶厂下车，38路公交的起点站和终点站就在川师大门口。这两年，我带外地朋友往东走，经过四川师大，都要指一指：那是我的母校。现在的四川师大，跟当年相比，校园和周遭风景已经完全变样了。有时和同时期的校友聊天，大家还要怀念几句当时北校门的那些苍蝇馆子和棚棚录像厅。

1985年9月在我的印象中，秋雨来得早，持续时间也很长。报到那天的情形在我记忆中极为深刻。我和其他新生一起，在接待的老生的引导下走过运动场边两排楼房之间；从天而降阵阵呐喊声，并伴以饭勺敲击碗盆的声音。仔细听清楚了，那呐喊声是"打死"。老生好心提醒我们不要抬头看，尽管走就是了。后来我知道了，那两排楼房是师大的男生宿舍，每年他们都用这样传统的方式来迎接新生，相当于给一顿杀威棒。当时，我倒是觉得好玩，但我母亲受了刺激，帮我把床安置好之后，我送母亲到校门，她的脸色还是不好，叮嘱我说："你要好自为之。我看这个学校野得很。"

我母亲说对了。在校四年，我确实变得很野。四年里面，我倒是不怎么参与聚众活动，而是忙于睡懒觉、逃课、游逛以及想入非非，还有就是写一些"美文"投给报纸杂志。我和一帮性情相投的同学一起恍恍惚惚地在校园内外梦游；我们动不动就跑到周边县镇去耍；我们追逐着到校园里招摇撞骗的诗人；太阳天拿本书在后山草坡上躺着，不知不觉地睡着了，被经过的火车叫醒；我们互相帮着传递情书，又互相陪着失恋的那一位半夜里一把鼻涕一把泪地在黑漆漆的校园里兜圈；我们点蜡烛看书睡过去了烧了蚊帐；我们早晨迷迷糊糊醒来把鞋油挤到牙刷上；我们关上门抽7毛钱的"甲秀"烟，想象着遥远的30岁……我第一次吃串串，是跟到同学在春熙路的天桥上，一个炉子一口锑锅（方言误称，实为铝锅），锅盖翻过来装满了海椒面花椒面，我取了一串腰子，按指导裹满了蘸料咬下去，然后我就蹲在地上手抓栏杆站不起来了，从小吃惯上海家常菜的肠胃剧烈绞痛。同伴们在一旁又同情又着急，因为电影要开演了……隔几个周末回家，看到双亲严肃认真的脸，这才跌回人间。一到考试前几天就急得想撞墙，但我运气不错，从来也没有补考过，大部分科目的分数危险万状地挂在60分上面一点点。现在我看到这样的学生，就替人家急，急着想告诉他们：以后有的是时间玩啊，现在得用功才是。好在我把这些劝告的话咽了下去，因为我知道，他（她）终有一天自己会明白的，就像我一样。

我逃了很多现在想来悔之莫及的课，比如目录学、语言学概论、二外日语等。

让我稍微欣慰一点的是，我逃课逃出来的那些时间，很多时候用在了读书上面。

20世纪80年代后期有很多纯度很高的浪漫，它放在怀旧的情绪里面，有一种恰到好处的晕黄色。我经常怀念这种色彩，我把它视作蜡烛和白炽灯的色彩。在这样的色彩里，我曾经有过一种很端正很投入很幼稚的阅读姿势。

现在回头来看，我当时的阅读水准只能用寒酸来形容。但是，仔细梳理一下，我还是能从当时那些整体上寒酸的阅读对象里，打捞出两个体面人物。这是两个女人。她们对于当时的我来说，是一种应该和一种不应该。

首先要说的是阿加莎·克里斯蒂。在大学四年的无数个夜晚，我点着蜡烛在蚊帐里通宵通宵地读她，迷恋她。我迷恋她那种优雅的恐怖和闭门不出的非凡的想象力。侦探小说这种题材本不是女人所能承担的，但克里斯蒂却异常出色地承担了下来。也许，我那些年为她的小说出的冷汗太多，也许，我对这种类型的小说所期望那种怪诞的文学品质一直有所要求，在克里斯蒂之后，我与各种侦探小说绝缘了。应该说，当年的那种好奇、勇敢和执着只是青春期的分泌物，于是，克里斯蒂成为一位标准的阶段性的作家。她给我带来了相当严重的近视和对将古怪和诗意结合在一起的作品的偏好。前两年，市面上有新出的克里斯蒂全集，是三毛生前主编的，好几十本，一千多块钱一套。我没有买。我在书店里注视着它，像注视一个熟悉的背影。不需要喊住这个背影。我很庆幸地想，在应该读她的年龄，我没有错过她。

我在不应该读玛格丽特·杜拉斯的年龄与她相遇。青春期里，杜拉斯是我的精神导师和爱情指南。我记得是一个学姐借给我一本《情人》。从此，我中了她的毒。她使我迷乱不堪，在虚幻和现实的边缘地带，用一种奇怪的潜流式的疯狂去思考、去生活、去爱、去恨。我为此走了一个弯路。现在，如果有哪个与我差不多年龄的女子告诉我，她是在80年代末遇到杜拉斯的，我就知道，这是我的难友。难友可以和我谈一个话题：杜拉斯是怎样陷害过我们，而我们又是怎样爱她。直到今天，还爱着。

其实，告别了80年代我才开始真正意义上的阅读，也才开始真正意义上的刻苦学习，那时我已经告别了四川师大。在很长的一段时间，我为我在校园荒废掉的那些时光感到羞愧。现在想来，我还是很遗憾。如果让我重新回到大学校园，我想我起码不会再逃课。

在人生最好的时光里，在大学里，做一个认真的学生，是一种幸福。这话我对我的孩子讲了。

前辈文化记者的娱记情结

从20世纪90年代初到21世纪初，我在报社十来年，前七年当文化记者，后面几年当副刊编辑。我刚当记者那会儿，还没有娱记一说。那时候全国报纸相关部门都叫"文化新闻部"，不像现在，叫"文化娱乐新闻部"，简称"文娱部"。文化新闻部分好多口子，影视、音乐舞蹈、美术、戏剧、园林考古、出版。按顺序来说，出版是冷口子，不好出稿子。我就分到了出版口，跟出版社、书店和省市"扫黄打非"办公室打交道。就是按现在的说法，娱记也只是跑影视歌的，其他的，还得叫文化记者。

我那时趴在办公桌上写，"我市今年扫黄打非工作取得显著成效"。跑影视的同事采访回来，也趴在那里写，"'电影是我的生命'——访著名电影演员某某某"。想想，我有多憋屈。要知道，我天生是干娱记的料，只要是演员，不管是演戏的还是唱歌的，人名人脸过目不忘，花絮瓜葛牢记在心。写着写着，知道我特长的同事还问我，那谁谁谁还演过什么？我立马报盘，连他出道时那个一句话台词的小角色也能报出来。

小时候我真是一个符合资格的追星族。中学时我有五六个16开的剪贴本，不管名气大小，是个演员我就往上贴。那些本子有一年父母家装修倒腾时还被我翻出来了，全是从报纸杂志上剪下来的人头，密密麻麻的，跟公安局的布告似的。那些人头像，什么韩月乔、徐敏、张金玲、李世玺、冷眉、祝延平……现在的小孩要说，这都是些古人吧？我要到报社报到的前一天还想，我第一个要去采访潘虹。那时潘虹还是成都的峨眉电影制片厂的演员。

第一次采访印象很深。我和主任一起去的，是出版集团成立。开完会，已经下午五点过了，我对主任笑眯眯地说：再见。主任说：再见？跟我一起回去写稿子！这是新闻啊，明天见报。哦，我把正事给忘了。我本来想赶紧到商场去，因为开会的中途偷偷看了信封里面的内容，是代金券，价值50块。这就叫红包啊！我都乐晕了。第二天我去商场买了一条裙子，47块，不找现金。那年头，47块的裙子很不错了。

我也写过很多专访，那些年有名气的作家我很多都采访过。不过，那时我还在青春期里，虽说也尊重才学，但采访作家的热情远不如对采访不到的明星的热情。有一年，贾平凹在春风文艺出版社"布老虎"丛书出《土门》那本书，到成都做宣传，策划安波舜给安排了一个独家专访的时间。那边有同事要采访费翔。贾老师我是很敬重的，但那边是费翔……我匆匆"审问"完贾老师，就赶场蹭油跟着去见大明星。没见着费翔。至于什么原因没见着，我已经忘了，好像跟着同事骑着自行车扑了几个地方，累得半死。但我回报社写不出专访那份着急记得很清楚——我把采访本给丢了。我把本子捏在手上想让费翔签名,捏着捏着就没了。坐在办公室凭记忆瞎编。第二天,贾平凹签名售书,我去现场,把报纸上的专访给他看,他还夸我呢。我想可能是三个原因,一是贾老师随和,与我为善;二来我说的都是好话,没什么让他觉得不顺眼的;三,关键是他也记不得对我说了些什么。

从明星开始出书起,我就开始"正份儿"采访明星了。可以这样说,那些年,哪些明星出了书,我就采访了哪些明星。我终于名正言顺地捞着机会采访明星了,但已经晚了,我已经没有任何热情了。追星这种事,随着年龄增长,就像一个皮球,气慢慢地就泄了,再也蹦跶不起来了。现在翻这些我做的明星专访,别有意思。那时不兴八卦,提问都很本分,那么多采访对象,主体部分的问答都差不多,也就是说,除了人名不同,其实也差不多就是一篇稿子。其中一个固定问答是这样的。我问:"现在是名人出书热,你为什么要赶这个时髦呢?"明星答:"我跟所谓名人出书热完全扯不上关系。我一直想写一本书,把我的成长过程和成功经验与观众们分享,也借机感谢帮助过我的那些人。我不是一个赶时髦的人。"

由此看得出,我就是当上娱记也不可能是一个好的娱记。我给他们说瞎话的机会不说,还把他们的瞎话照章全录蒙蔽广大老百姓。一个好的娱记一定要有哪壶不开提哪壶的本事。我那时虽说对明星已没有热情,但也没有什么反感,加上本性不希望让人发窘,提的尽是些温吞吞的问题,所以,我没能写出一篇现在看来有点趣味的娱乐稿子。

  这些年,我早就成了前辈。有一些场合遇到本城媒体的娱记小孩们,他们就说,来,前辈,我们喝一杯。我不喝,挡酒时我会说,一来我真不会喝酒,二来我就是前辈也不是你们的前辈,我没当过娱记。小孩们不高兴。我赶紧纠正:应该说,我没当成娱记。

关于"鉴碟"的回忆

2007年春节期间,峨眉电影频道请我和翟永明老师一起商量做一个推荐影碟的栏目,这个节目叫"鉴碟"。"鉴碟"的形态是这样的:翟姐和我轮流主持,一人一周,每天一档半个小时的节目,其中插播广告前前后后接近十分钟左右,剩下的时间,出镜五六分钟,其他时间是配音加电影片段。翟姐和我当时都觉得,嗯,应该不难。好的,接下来了。

之所以敢接这个电视栏目,首先是翟姐和我都算是资深影迷了。我们都看过很多电影,平时在一起聊天也经常聊最近看了什么好片子;再就是我们以为这个节目比较"简单"。

当时,我写电影随笔已经很多年了,开过不少电影专栏,还结集出版了好几本电影随笔集。我想,借这个电视节目的机会,也可以重新梳理一番我对电影的记忆。我在文字里书写对电影的感觉已经很长时间了,换一种方式来表述我对电影的迷恋,应该挺新鲜挺有趣的。

对于这个节目所需要的文案,毕竟我已经有那么多电影文字搁在那里了，觉得心里有底。对于镜头，我觉得也不怵头，多年来作为嘉宾上过不少电视节目，早年也客串过主持人，主持过几次节目。还有一个重要的心理支持是来自2006年3月的经历，那是我应潇湘电影频道的邀请，到长沙去做关于奥斯卡颁奖典礼节目的嘉宾。到了长沙我才知道，敢情是直播节目。那厢是奥斯卡在颁奖，这厢在演播室里同步点评。我有点吓着了，但也没有退回去的可能，硬着头皮上了，却没想到其实没那么紧张，说着聊着，节目也很顺利地做下来了。

在正式录制节目之前，翟姐和我到棚里录片头，两个不会表演的人实在是折腾了好久，才录好了中规中矩的片头。这个时候，我发现，我所谓的不怵镜头，可能只限于电视谈话节目吧。心里开始发毛，但已经无路可退。

2007年3月初，开了几次会，准备了一阵子后，"鉴碟"开始正式录制了。一次录一个星期七天的节目。第一周的节目是我的。到了棚里，化妆、发型、服装，一通琐事之后，我坐在主持人那把红沙发上，白花花的大灯从各个方位打到我的身上，镜头像个巨大的黑眼盯着我，像要把我给吸进去。导播在外面说，好了，可以开始了吧？！我突然愣住了，说什么呢？我下意识去找旁边的主持人，随即反应过来，我就是主持人，这个节目没人带着我说话，就我一个人去对付镜头。我真的有点蒙了，额头上立马渗出了毛毛汗。

七期节目从中午一直录到晚上，中间磕磕绊绊的，很少有一条就过了的,得反复好几次。栏目组的编辑们以巨大的耐心一个劲儿地鼓励我,说很不错很不错啊。我说,我觉得脸都是僵的。他们说,没有啊,挺好的呀。这是第一次录嘛,以后会更好更放松的。

3月12日是第一期正式播出的日子,我果然看到一个面目僵硬的主持人出现在电视里,木头木脑,一板一眼,普通话也很有问题,平时说着不觉得,上了电视,四川人说普通话的各种问题被放大,听上去十分刺耳。我和翟姐的首期节目播出后,素以"毒舌"在朋友圈著名的老友刘家琨先生,一见翟姐和我,就嚷嚷着:"哎呀,简直是两个夺命狂花哦。"

我那个模样把我自己都给逗笑了。真是术业有专攻啊,主持人这碗饭,吃顺溜了真不容易啊。周围朋友大多持鼓励的态度,说,还行吧,看上去是有点紧张,慢慢就好了。但节目文案做得很好,推荐的电影也很有吸引力。

其实就节目文案来说,我发现我的那些电影随笔根本派不上什么用场。它们都太个人化太情绪化了,角度和语气都不适合电视栏目。也就是说,那些书面语如果读出来的话,会有一种挺滑稽的效果。电视和写作,因为载体和受众不同,完全就是两回事。后来,我在经过了镜头恐惧之后,文案这一块是整个节目最要紧也是最吃紧的一个环节。我和编辑们在这个部分都付出了很多心血。

翟姐太忙,分身乏术,在节目开播几个月后离开。后来冉云飞先生短暂加入节目。再后来,就只有我一个主持人了。因为是日播节目,栏目调整为我和另外几位年轻的主持人各自分担一半的节目量，我的内容偏重文艺电影，年轻主持人的内容偏重商业电影。

渐渐地，我适应了镜头，适应了演播室，适应了那些白花花的烘烤着的大灯，适应了跟我安静的书房完全不一样的另外一种工作环境，我也终于开始享受这个节目带来的创作和制作过程中的那些乐趣了。

之后的几年，我和团队的小伙伴们一起耕耘着"鉴碟"，逐渐在年轻观众中获得了一批拥趸和良好的口碑。直到现在，我还不时遇到一些年轻人，他们告诉我，那些年里，忙完一天，深夜回到家里，打开电视，看看"鉴碟"，再根据"鉴碟"的导赏内容去寻看自己喜欢的电影，对于他们来说，那是很美好和很重要的一种回忆。有不少年轻人告诉我，因为"鉴碟"，他们看了很多很棒的电影，真正地爱上了电影。

每每听闻这些感受，我甚感欣慰。

在将近七年的时间里，因为这个节目，我需要做很多案头准备，从中也获得了许多滋养。而团队的小伙伴，节目开播时大多是刚出校门不久的年轻人，我眼见着他们从青涩局促到成熟从容、独当一面，还旁观了他们中好些人恋爱结婚生子的过程。我们大家都与"鉴碟"一起，在不断地学习和努力中获得了成长。

我离开"鉴碟"栏目已经好些年了。在我的工作履历里，除了作家之外，因为"鉴碟"，我还有了电视节目策划人和主持人的身份。虽然作为一个主持人来说我很不专业，就一个票友，但这个节目给我自己和一些观众带来过好多愉快的时光，回想起来真是美好啊。

格子·笔记本·书写癖

1

很多年前,我中学的一个密友暗恋她母亲的一个同事的儿子。说来真绕口。女孩说那男孩的名字叫"格子",非常轻柔好听。这个词得用普通话说才好听,我从小生活的成都铁路局大院,全国各地的人都有,北方人居多,所以,这个区域的官方语言是普通话而不是成都话。我试着用成都话说他的名字,"格(gei)子",那比起"格(ge)子"来,显得有点粗鲁,哪像是一个被暗恋的人?

我一直没见过这个格子。不过,因为这个名字而对这个人有特别的好感,想象他是一个温和亲切有一头软软头发的男孩。

我喜欢所有的格子。

我曾经攒了很多作文本,后来长大了就攒稿笺纸,特别喜欢一页四百字那种红格稿笺。1994年开始用电脑写作,看着那堆够我写个一二十年的稿笺颇为惆怅。后来很长一段时间用稿笺写信,规矩、郑重、热烈(出于红格的缘故),很受友人好评。

没有了稿笺，我的格子爱好开始大规模移换到格子布料上。格子的窗帘、床单、桌布、外套、大衣、裤子、裙子、围巾，甚至帽子。现在翻我那时候的照片，几乎每张照片的衣服里都有一样格子。好在我当时就知道了格子必须单独露面的道理，没有把两样以上的格子穿戴上身，看上去还行。

再后来，格子就从我身边渐渐地消失了。这个过程是不知不觉的，像水缓缓地渗进了土里，渐渐地干掉。想起来再看，却找不到当初曾经湿润的痕迹。我依稀记得，在我的格子装备最为齐整隆重的时期，我的眉宇之间非常清澈且狂热，像一个亡命徒一样地去爱别人；在我像格子一样齐整清秀的时期，我总是非常潦草，总是把字写在格子外面，满篇不该有的横七竖八。这些现在想来，还是可惜。谁不愿意有个更加精致的青春期呢？

2

格子消失了之后，横格笔记本占据了我的迷恋，一直到现在。

我经常收到朋友送的笔记本。送我笔记本最多的是老友王寅，我都不记得他这些年送了我多少笔记本，至少有十来本吧，基本上都是他在国外旅行时搜买的特色笔记本。

我现在存有几十个还没用过的笔记本，各式各样的，我最喜欢的是这种：纯色封面，开本为一本书大小，厚，有横格，不太白的纸，质地合适，不会洇墨。

看保罗·奥斯特的小说《神谕之夜》，里面的主人公在一家中国人开的纸品店里买了一本蓝色笔记本。这本笔记本之后所带来的情节推进这里就不提了，要说的是，我对那段关于笔记本的描述实在很有兴趣。那是一种葡萄牙生产的已经绝版的笔记本，"硬面、格纹、线装、致密不透水的纸质。我一拿到手上就知道自己会买一本。它看上去一点不花哨和繁复，让人感觉质朴耐用，绝不是那种你会当作礼物送人的本子。……第一次把笔记本掂在手里时，我忽然感到一阵莫名的惬意，几乎是一种生理上的愉悦了。"

喜欢笔记本的人太能理解那种遇到心仪的笔记本时那种"生理上的愉悦"了。小说中店里那种葡萄牙生产的笔记本只剩四本了，每本一种颜色：黑、红、棕、蓝。小说主人公买了一本蓝色的。

要是我，四种都买下。

《神谕之夜》里的那家纸品店有一个好名字，叫作"纸品宫殿"。有一次，为搜买笔记本，我去了一趟成都北城的荷花池，在一家家纸品店中找我要的那种笔记本。荷花池是小商品批发市场，卖纸品的小店们，都挨在一起，组成一个"纸品宫殿"，虽然这个宫殿显得过于凌乱和拥塞了。

在六本笔记本到手之后，一本橘红色的笔记本闯入视线。它只有唯一的一本，插在一堆黑、褐、深蓝、墨绿的笔记本中间，颇有一种惊艳的效果。我拿下它：小牛皮面，16开，300页，纸很好，估计在80g以上，米白色。对于我来说，这是一本完美的笔记本。我拿在手上摩挲着，突然在十分欢喜的心境中辨析出一丝不安。我不知道这种不安来自哪里，也许是它那种润泽且鲜艳的橘红刺激了我，但我得承认，这个时候我想起了《神谕之夜》中那本蓝色笔记本带来的一系列厄运。我还得承认，我现在是有点迷信了，对于文字造成的谶语这种事，是宁可信其有的。

我放下了那本橘红色的笔记本。它是我近年来遇到的最让我心仪的一本笔记本。我放弃了它，就是因为它是一种"最"。能够绕开自己迷恋的对象，这是人到中年的修为，但经不得细想，细想就觉得很悲哀。

3

我存那么多笔记本干什么？当然是因为要用。

我有记笔记的习惯。笔记的内容包括简单的日志和读书随感，这分别给我带来两个好处：一是某年某月某天，我在哪里，在干什么，一查笔记就想起来了；二是读书随感有利于写作时寻找题材和刺激灵感。倒不是说读书随感本身有这个明显的作用，而是我的读书随感里面常常夹杂着一些莫名其妙的句子，这些句子是偶然得之又被我随手写下的；若没有记下来，它们也就没了，消失了。这些句子才是我的宝贝。我觉得，写作的人若没几个这样的破本子，那这活儿干起来就轻松不了。反正我是这样的。

这是摆在面上的两个好处，其实，从它们的反面看，也都算不得什么好处，说不定正好相反。日志的作用其实稀释了记忆中浓烈深刻的部分，它让每一天有迹可循有案可查，也就无趣了，实际上我们很多时候愿意这么想想，"咦，那是哪年的事呢？冬天还是夏天？……"人生要那么清晰干什么，暧昧一点，模糊一点，其实更有意思。记读书笔记似乎更应该批评，有朋友就对我说，你这样读书会读僵的，读书应该过滤的，让真正有价值的东西留下来——留在脑子里，不是留在本子上。

没错。但我还是每天记上几笔，日志和读书随感。

其实，我是喜欢书写的那种感觉。不是写作，写作是在电脑上敲字。我说的是书写，笔尖在纸上行走的感觉。虽然我的字见不得人。

书写是一种琐细的享受。要是想进一步满足琐细的要求，比记日志和读书随感更有意思的是记账。我很喜欢记账，但一天能记的就那么几笔账，不过瘾，于是我尽量把每天的账记得很细，如果遇到几毛钱一笔的账，我就特别高兴，比如给孩子买了糖，我记下："棒棒糖0.5元"，愉快得很啊。其实，记不记账跟日常用度没什么关系，该买什么还是就买什么，不该买的绝不掏钱包，反正我不是乱花钱的人。这纯粹是记账本身给我带来的快感。有时想，要是开一个干杂店，那一天得有多少零碎小账可以记啊，太爽了。

按理说，像我这样的有书写癖的人，应该写日记的；但，我是不写日记的。我这里所说的日记就是大家一般理解中的情绪记录似的日记。情绪这东西，最没谱，最善变，也最没意思，都是些靠不住的东西。我不信任情绪，别人的以及我自己的。当然，不是说我没有信任过情绪,年轻时我是要记日记的,一点一点地仔细抠自己每天的情绪,然后将之尽量文艺化地呈现在本子上,这样的结果除了加重自恋增添幻觉之外,没什么用处。所有的日记我都付之一炬了,于是整个青春期我没留下私密的字据,也就没有了唏嘘的凭证,人似乎也因之硬朗了许多。挺好的。

至于说我延续至今的书写癖,到将来可能会有两个结果吧,一是可能成为一个抄经的人,再就是,不写字了,一个字都不写了。

另一个季节的幽独

曾经有人问我,成都特别适合写作吧?

我说,不呢,这个城市不适合写作的。你看,这就要进冬天了。成都冬天阴霾沉沉,湿冷难耐,会得冬季抑郁症的,所以不能写;到了春天,天呼啦一下就开了,阳光明媚,桃花怒放,人在屋里待不住,得出门去发春疯,也不能写;夏天的时候,空气温润,光线阴凉,适合冥想、发呆,另外,夏天午后特别静和长,读书效果最好,所以写不了东西;而秋天太妩媚太清空,而且还太短,得赶紧泡在茶馆里享受一番,要不然很快冬天就到了,这个时候谁还会待在家里写东西?!

那到底什么时候写啊?

我说,正因为一年四季都不适合写作,所以我一年四季都在写。呵呵。

当然,我所谓的一年四季的说法,不过是个噱头罢了,语言游戏而已。

不过,噱头里面的核心是真的。成都这个城市那种充溢在大街小巷中的颓废香艳的气息是我极爱的。我浸泡其中,成了一个旁观者,还成了一个勤奋的写作者。也就是说,我成了一个我自己都觉得很有意思的悖论者。我想,可能就是让人放弃写作的理由太多了,所以我只有写了,不写的话,就写不了了。也可以这么说,在一年四季之上,还有另一个季节,它贯穿全年,它安详且静默,它是由冥想和词语构成的,它最终掌握了其他的季节。

另一个季节的说法来自柏桦写成都的冬天的诗,"钟声仿佛在很远的地方响起/我的耳朵痛苦地倾听/想起去年你曾来过/单纯/固执,我感动得大哭"。柏桦还说,"哦,太遥远了。直到今天我才明白,这一切全是为了另一些季节的幽独。"我特别爱后面这一句。特别是幽独这个词。

春

1

成都的春天让人等得心焦。每一次心焦似乎都是新的,从未有过的,但其实每年都是一样的盼望,一样的心焦。

冬寒一直闷闷地留着不走。立春之后,每每出门,觉得不冷啊,但在室外待一阵子还是冷。西南的冷是小针,细细地捻扎。

红梅和贴脚海棠差不多在同一时间开放。看到红梅,想到的还是冬天;看到海棠,想到已经春天。纠结。

这几年的春天快到了，我就下决心做一件事——断舍离。

我是一个整洁控，熟悉我的朋友都知道，好些时候，我的整洁控倾向于强迫症和偏执狂。现在都已经好多了，以前，我睡觉前，家里一切收拾到位不说，脱下来的衣服一定要叠整齐，最过分的是把脏衣服叠整齐放进洗衣筐里。后来我意识到这已经有点病态了，强迫自己做了纠正。但直到现在，每天上午9点开机之前，我还是一定要把房间收拾到位的。即使客厅茶几上有一张没收好的报纸，我也会坐卧不安。以前看美剧《老友记》，周围朋友都对莫妮卡的整洁嗜好感到不可思议，其中有一集里说，莫妮卡为了表明自己并非有毛病，"潇洒"地对乱放在客厅里的鞋子"置之不理"，关上自己卧室的门睡觉去了。她哪里能够睡着？辗转反侧直到半夜，实在受不了这个折磨，偷偷爬起来跑到客厅把鞋子给归置好，这才踏实了。我太理解她了！因为我就是这样的人。因为先生有一手好厨艺，我们夫妻俩也好客，朋友们经常来我家玩。先生是大厨，我是勤杂工，很多时候，眼见着夜已深了，朋友们尽兴离去，我拉开厨房门，但见一个凌乱不堪的战场，于是扎上围裙挽起袖子，大干一场。先生每次都说，今天已经晚了，明天早上再起来收拾不行吗？理论上当然没问题，但我没办法说清楚为什么明天早上收拾不行，因为就是不行，对于我来说，把一个乱七八糟的厨房扔在那里去睡觉，是不可能的事情，因为我完全不可能睡着，脑子里会全是厨房里的情景，备受折磨。

我在微信朋友圈里说我在收拾杂物，就有熟悉的朋友上来说，怎么可能？你平时就收拾得那么好。我说，收拾是收拾得好，但架不住满坑满谷啊，所以得断舍离。

其实我的意思是说，收拾是一回事，舍弃是另外一回事；后者对于我来说，是比较困难的。

断舍离，据说是日本杂物管理咨询师山下英子提出的一种人生整理观念。我之前看到相关资料时首先想到的是，世间的行业太奇妙了，居然还有杂物管理咨询师这个行业！

"所谓断舍离，就是透过整理物品了解自己，整理心中的混沌，让人生舒适的行动技术。"

"断——断绝不需要的东西，舍——舍弃多余的物品，离——脱离对物质的执着。"

的确很难。那么多东西，每一本书，每一张碟，每一个小玩意，哪一样不是因为喜欢而拥有的？渐渐地，这些喜欢填满了生活的空间，进而将人给固定和束缚起来。一开始的舍弃十分艰难，放下这个拿起这个，渐渐地，动作越来越干脆，内心也随之越来越轻快，松绑的感觉开始明白无误地进入身体里面，一丝一缕，轻微但强劲。哇，真好真好！

随着年龄增长，我越发觉得物质和相关的消费，跟我的关系越来越淡薄。我宅在城南新区，离市中心很远，而朋友们多住在南面，于是我的活动区域就集中在城南，对于我来说，这个城市其实就只有这么一部分。

生活越来越单调。我喜欢单调,因为单调意味着可控、有序,而这是我对生活品质的要求。我以前对朋友说过,如果知道每个明天跟今天一样,那就好了。朋友摇头感叹,天啦,居然有这种人!要是知道每个明天都跟今天一样,我就去死了。

人与人的差别,真是天上地下。朋友之间尚且如此,何况芸芸众生!

跟喜欢单调一样,我喜欢有限。人活到一定的时候,明白有限是必须的。不是被动地明白,而是从根本意义上地认同,并为此感到喜悦。人是有限的,能做的能干的,都非常有限;能记住的,能拥有的,能获得的,能认同的,都非常有限。在单调和有限中安之若素,集中精力去做自己最想做的事情,比如写作。

2

我特别喜欢成都的一个称谓,"锦城";我也特别喜欢一个词汇,"锦衣夜行"。锦城的春天太迷人,那就夜行且昼行。

成都的蜀锦古来负有盛名,锦城之谓来源于此。杜甫吟曰,"花重锦官城",成都春天的花事的确繁茂,沉甸甸的。

成都花事说法太多,每年开春,媒体总有各种指南,传统的三大花事——川西平原的油菜花田(这个呢东南西北皆有,不择方向)、龙泉驿的桃花、新津县的梨花,依旧声势夺人;后来逐渐成形且有口碑的花事还有天台山的茶花、石象湖的郁金香、彭州的牡丹、龙池的杜鹃。而在市区内，局部的但又是普遍的花事是鹅黄的迎春、艳红的铁脚海棠、灰粉的红叶李和莹白的玉兰，它们就是春信，看到它们，于是也就知道大规模的花事已经来到了。这个时候，人心就乱了，脚板就痒了。这个时候，人人无心工作，心痒躁动，非得出去溜达几趟才能安神。一般来说，从三月初开始，微信朋友圈里，就会看到成都人都在秀外出踏青探花的照片，然后顺带告知配合花事的饮食状况。可以说，没有这一出，简直就不是成都人。

终于熬过成都阴霾沉沉的冬天，春天的到来对于任何一个成都人来说都是一种欢喜。这种出自身体本能的愉悦，可能比其他很多地方的人都要来得强烈和欣快。何况，成都的春天过于短暂，也就一个多月的时间，很快就会进入绿荫覆盖的初夏了。初夏是娴静的，连同整个夏天都是娴静的，只有这一个多月的春天，是那么迷乱、享乐和艳丽。我们都是经过一个冬天的蛹，在这短暂的春天里变成了一只蝴蝶。

我也是一定要出门去踏青的，否则会感觉冬天没有结束。这种时候，整个冬天让我感觉舒服的黑、灰、咖啡色，多少开始让我有点迟疑了。而我衣柜里最常见的两种彩色：酒红和松绿，在这个时候也显得沉郁了。我会想想，跟油菜花和桃花合影，什么颜色才是最合适的。其实我并没有什么适合春天色彩的衣服。

我不知道其他地方的人对于春游踏青的热情有多高，在成都，这已经不是即兴的热情，而是一种必需的生活方式，就如同必须吃辣一样。成都的春天，是对整个阴霾湿冷的冬天的全面道歉，非常的诚恳实在，繁花处处，湿绿丛丛，空气酥爽沁润，这个时候不出门，你活个什么劲儿呢？！

春天，诗人朋友们都在酝酿佳作，而那些本不是诗人的朋友却成了诗人。

还是前几年春天的时候，我读到了两首非诗人身份的朋友的好诗。这两首诗分别诞生在东边的樱园和西边的桑园。朋友圈里都知道，东有樱园，西有桑园，是踏青的绝佳去处。

桑园主人是玲珑秀美的园艺专家，我们都叫她桑妹，她的园子是私家园林，被大家喊成桑园。3月下旬的一天，一大拨闲人来到桑园，花娇叶碧美食佳酿之后，在几棵巨大的相思树下喝茶闲聊，空气香甜，河水慵懒，鸟儿们窃窃私语，人也完全瘫掉了，午餐就醉了的摄影家张骏说："鸟语花香好吓人哦。"然后，他仰头手指天空中的树枝，说：

　　仔细听
　　仔细听
　　天亮和天黑之间有一种声音
　　不要以为你们有好大
　　不要以为你们有好厉害
　　声音比你们都厉害

是一字不差地记录下来的,只是分了行。张骏酒醒后,大家转述他口占的这首小诗,张骏自己吓了一跳,不敢相信。他说他从来不会写诗。

几乎就在同时,东边的樱园也有佳作诞生。樱园主人是美丽的熊英,很多成都人(包括很多慕名而来的外地人)都知道,在三圣乡荷塘月色的樱园里,有一个一年四季总是穿着各种质地的袍子的美人,像背景一样静静地出入偌大的园子,而前景则是美景美食美酒。徐哩噜是一位大学教师、童话创作者、公益活动志愿者,她带着她的外地朋友来到樱园踏青,之后写下《春宴》。这首诗太好了,好得来让人真的是有点惊着了。这首诗不短,我就引用几段吧:

> ……
> 春天,一切都是好的
> 地气在上升,想开的花全都开开
> 什么时节种的黄葛树就在什么时候落叶
> 人们重新变得可爱
> 因为高兴,冬天四百元一斤的酒,现在
> 只要两百元
> ……
> 桃花树下的春宴,和土地上
> 最好的黄昏一起开始

黑亮的鸡站在树上，油菜地那边来了人
　　黄狗在吠，用它自己的语言
　　而你只能用四川话叫它：黄豆
　　……

　　成都的春天就是这样的。全是一些窸窸窣窣的细小的喜悦，自然从来没有像现在这样亲密，它拼命地往每一个毛孔里钻，是预谋的但又是突如其来的爱情，痒，酥，醉，短暂，令人心碎。
　　哩噜的《春宴》里最好的句子是这样的：

　　……
　　自酿李子酒里有蜡梅之味
　　桑葚酒比桑葚更深甜
　　我们还知道樱桃酒里藏着玫瑰
　　花园的土里藏着酒缸
　　只有桃花没有秘密
　　风一吹，它就欣然落在了白瓷盘上。
　　……

　　我当然知道樱园的桃花落在白瓷盘上的那种景象。就在哩噜的这首诗写就的前几天，我和一帮朋友就在樱园，我们在夜晚的桃花树下吃饭喝酒。当然是李子酒和桑葚酒。招牌菜青椒土豆（有的季节土豆会换成芋儿)、烧鸡和盐排骨炖萝卜是每次必点的。灯光从头顶斜上方打下来,桃花比白天又多了一层美艳,像夜行的美人身着锦衣;抬头看,天空深蓝如玉,桃花花瓣浮凸其上,半透明状的粉色十分娇莹;光晕之中,所有人如同置身于舞台,脸上有一种柔和明媚的色彩。

那天,我从樱园菜地里拔了两根萝卜拿回家,第二天先生做饭,洗好萝卜上砧板一切,叹道:太嫩了,跟切豆腐似的。

3

进入3月,气温还是不稳,在毛衣和棉衣之间上下跳跃。成都的春天,总是要到清明过后才会稳住,然后跟忍了很久后不耐烦似的,突然就跑进夏天了。

就在这个时候的某个上午,我盯着一树红艳的花发蒙。这是什么?脑子里把这个时候应该有的花树都过了一遍。这个时段,桃花和梨花已经谢了,主要的花树是玉兰、樱花和垂丝海棠。它当然不是它们。它一身艳红,不见杂叶,嚣张且纯粹,关键是那种红,是纯正的玫红。是红叶李吗?红叶李我还是比较熟悉的,叶是偏暗的紫红色,花是粉白色。我当时是隔着一段距离看过去的,那一棵,满树皆红,不见粉白点缀。不过,红叶李的花期已经差不多结束了,只剩红叶也是应该的。但是,红叶李怎么都不会有如此娇艳的玫红色。

当时身边有女友熊英，植物达人，她走近看了看，回来说，好像是红××，但不敢肯定，颜色不太像。

当时我好像被其他事给分散了注意力，没听清红什么，也没追问。我跟熊英都望着那棵树。突然熊英想起了什么，摘下了墨镜，释然地说，原来戴着墨镜呢。我也跟着熊英摘下墨镜，再看，玫红消失，果然就是红叶李暗哑的紫红色。

哦，这是一棵透过墨镜看到的美艳的红叶李。

后来想起熊英当时的话，不对，她说的肯定不是红叶李。打电话问她，原来是红檵木，金缕梅科常绿灌木或小乔木，我们看到的是小乔木的红檵木，那一身红是它的星状毛嫩枝，不是花。

春天来了，阳光开始鲜烈起来，经常戴墨镜。戴着戴着，就忘了戴着墨镜了。强光下，觉得光线柔润；暗淡处，就纳闷怎么那么黑呢。戴习惯了，摘下来，对面和人说话，觉得好不自在，因为别人可以看到我的眼睛，很害羞。有些经常不摘墨镜的人，其实不是拽，是害羞，是腼腆。

我一直就喜欢腼腆的人。

我记得那个春天，我很想跟人聊聊写作这件事，越来越痛了，因为不通。通则不痛，痛则不通。所有的单恋和暗恋都很痛，就是因为不通。我知道，写作上的痛感是因为迷恋使然。我还在迷恋写作，应该说，更加迷恋写作。

那个春天，跟颜歌在成都参加第七届老书虫国际文学节的对谈活动。名头很有点唬人，其实就是一个外国人开的名叫"老书虫"

的酒吧搞的小规模的文学分享活动。每年一届，已经办到第七届了，难得。老书虫在北京、苏州、成都有三家店，是当地老外文青的根据地。所谓国际文学节，也就是有一些老外听众参与，还有一些老外作家参与。那天对谈的主题是"写作与现实"，习惯也善于在这种场合说话的我，突然有点失控，我说我目前在写作上麻烦大了，写作与现实的关系这个问题于我越来越坚硬，也越来越魔幻。我其实没有直接说：我现在很痛，不是锐痛，也不是钝痛，是青紫淤积后的那种跳痛。活动结束后，颜歌对我说她很感动，因为这里面有一种写作者惺惺相惜的痛感。又过了几天，在成都西西弗书店，译林出版社搞的格非老师新书发布会，跟格非老师和赵毅衡老师对谈。在互动环节，有年轻人问如何判断一本书的品质，该我说话时，我脱口而出：好的书就像是捅了读者一刀。这其实是我希望的，我希望被什么东西捅上一刀，让血脉畅通起来，让那种淤积的状态释放开来。我其实是一个腼腆的人，很难向人敞开心扉。戴着墨镜让我舒服，还可以看到本来紫红色的花树变成玫红色，尤物一般的色彩。但，墨镜总会摘下的！

那天在老书虫活动现场，还有老朋友、文学评论家向荣，他对我说了一段话。我觉得说得在理：生理上的更年期和写作上的更年期会同时到来，必经阶段，很正常。这个阶段过去了，就进入另一个层次了。

夏

我不得不说，成都的气候太舒服了。在夏天，尤其想说这句话，但不好说出来。天气预报各地人民都在40℃上下挣扎的时候，成都人说，昨晚有点受凉了，被子太薄——这太招人恨了。成都也有相对高温的时候，35℃或者36℃左右，一般窜上去两三天，一场暴雨就会把它们给迎头拦截下来（不过2022年的夏天，一连一个多月的40℃上下的高温，还真是把成都人给吓到了。2023年接近夏天的时候，所有人都有点担心，好在前一年的持续高温也算是一种偶然）。

我一直生活在成都，确实很少经历高温。第一次经历真正的高温是有一年夏天去了湖南凤凰。走在外面，那个热啊，真是要发疯。风景于我完全没有任何感觉了。我第一次看到人的五官融化的模样，一行人，无论男女老少，全长一个样子。一打听，42℃。当地人说，这个气温，正常啊，夏天差不多都这样。我查了一遍，这种气温，湖南、湖北、江西、浙江、江苏，还有重庆，的确都这样。

以前有"三大火炉城市"之说，是长江沿岸顺江而下的重庆、武汉和南京。现在据说南昌和杭州已经排在三大火炉城市之前了。我在南京上过一年小学。去之前特别向往，觉得比成都好。凌晨时火车到站，大表哥在车站接到我和我姐姐，然后往家的方向走。一路看去，我心里一点点就凉透了——满街都是简易竹板床，一床挨着一床，都是熟睡的市民，我以为那是叫花子，不是叫花子怎么会睡街上呢？8岁的小姑娘眼里噙满了泪水，心里埋怨狠心的父母，再怎么忙也不能把姐妹俩送到一个这么穷的地方啊？！那是1976年。

我现在的梦里，有时还会出现当时的场景。可能在当年太震撼了。

现在的梦里，有时候还会出现当年的一个小女孩：她手里拿着豆沙包，一边走一边吃。吃到嘴里的味道不是豆沙包的，是光明牌小冰砖的味道。那条叫宁海路的小街，晨光透过梧桐树的叶子，在地上形成一个个鸭蹼状的光斑……这样的梦，总是有几个相同的要素：豆沙包的形状、小冰砖的味道和鸭蹼状的光斑。其他的，有时候会出现周阿姨的脸；有时候黑皮会从树上蹦下来；有时候院子里一地都是螃蟹，还有就是出现了好几次在里弄里支凉床的情形……

那是我姑姑家。那里叫培德里，从前的法租界，跟南京师大中间的那条小街叫宁海路。宁海路是我每天上学要走穿的一条路；豆沙包是我的早点；小冰砖是我夏天的点心；周阿姨是姑姑的密友，跟丈夫关系不好，经常来我家倾诉；黑皮？黑皮是邻居家的老二，比当时的我大很多，已经上中学了，断不会从树上跳下来吓唬我；至于螃蟹，那时到秋天的时候，是吃了不少，每次姑姑从菜市场拎一串回来的时候，总是还要另外买些菱角……

我总是能回想起夏天睡在露天的凉床上的情形。我甚至能够想得起低低的凉床边上青苔的味道和南京盛夏的热空气像湿布一样贴在皮肤上的感觉，而当年的夜空里紫蓝色的云、里弄里家家的院子门在阴影中像个倒扣的大水缸、姐姐花短裤下浑圆的膝盖微微泛着白光，这些景象都像胶片一样清晰。我总是在成都夏天的夜晚，在室内，在床上，搭着薄被、不开空调地想起这些事情。

在我，成都的夏天是完美的。完美的夏天是这样的，它从上午的工作之后开始。

上午，晨起后，我就抓紧时间吃饭、洗漱、整理家务，为的是9点准时坐在电脑前开机。9点硬盘启动的声音，在我就是秩序的保证；而秩序，对于我来说太重要了。

这样的上午，只要没有外出旅游或者其他必须上午出门的要紧事，一年四季都是这样的；只是，这样的上午，在夏天就更加顺当，而夏天的完美一天，得有这样的上午，然后从中午开始。

是这样的夏天：

只要保证在中午的时候关掉电脑，保证简单的午餐后在一点钟能够躺下，保证能睡着，保证没有白日梦，还要保证在两点之前能够醒来，于是，一个完美的夏天的下午就能到手了，于是，这一天的品质也就得到保证了。于是，可以安心地晃荡地慢慢地向黄昏踱过去，在这漫步的过程中，没有疏漏，没有豁口，没有激动，也没有后悔，有的只是质地细密光滑的一匹丝绸，步步是花，感觉昂贵，感觉珍奇。

是这样的夏天：

拉上白色的纱帘，房间里的光线暗了下来，午后的阳光一大半都被挡在外面,房间里混合着明亮和暗淡;丝丝缕缕的风从纱帘的缝隙和飘荡着的下摆处吹进来,均匀地散布在裸露的腿和手臂上。还有一股细如游丝一般的凉风吹在了脖子上,在发际线那个地方轻微摆荡。空气中沁着一种桃子的味道,虽然房间里并没有桃子。不是熟透了的软桃子,是脆桃,青色的脆桃,上面有一层白色的茸毛。

是这样的夏天:

只要有了一个完美的下午,一个完美的晚上就会如期而至:全是美好的味道,游泳池的味道,树叶的味道,狗的味道,雪糕的味道,西瓜的味道,驱蚊水的味道……夏夜的味道,一个好的睡眠的味道。只要有了这样的味道,就可以想,随便梦见什么吧,梦见什么都可以。

夏天还有那种好玩的信。就是普通的信,投到了我家的信箱里。信是从初夏开始的,有一个傍晚,我出门去附近的水果摊买了一个口口脆小西瓜回来,走到单元门口,看到我家信箱口处斜插着一个牛皮纸的信封。那种插法,是最漫不经心的插法,任何人碰一下,就会掉到地上去。我撕开了信封,是所谓韩国某一大公司中国总部的信,说我中奖了,抠开密码看,二等奖,一辆雅阁汽车。很潦草的骗子,纸张和印刷都特别粗糙。这样的信源源不断地寄来,一周总有那么一两封,奖品一般都是车子,有雅阁,还有帕萨特、别克什么的,往上还有宝马。每次我都很有兴趣地抠开密码,看自己中了什么车。有一次终于中了特等奖,一辆宝马。我挺开心。这么好玩的信，持续了整个夏天。后来他们也累了。现在骗子一般都是电信诈骗，这么古早味道的书信诈骗，让我真有点怀念。

秋

2014年9月30日，成都的崇德里举办了"崇德里聚谈"的雅集活动，两个内容，一个主角，诗人、摄影家王寅的"诗歌来到美术馆"主题讲座和"倾斜的光芒"摄影展。活动现场来了好些人，有王寅的好些老朋友，还有一些是王寅的读者，前来一睹真容。多年来，王寅太低调了，不仅鲜见于各种场合，而且不出镜，好些人连他长什么样都不知道。成都女诗人刘涛在20世纪80年代看过王寅当年的照片，后来错把一个发胖的男诗人的照片误以为是王寅，心生遗憾；到了现场一看，刘涛欣慰地说，哦，王寅还是当年那个样子，还是那么帅，这下放心了。

主题讲座"诗歌来到美术馆"，是王寅给大家介绍分享他这两年来在上海民生美术馆所做的系列诗歌活动。这个活动由王寅发起、策划、执行，从2012年10月开始，前后有阿多尼斯、谷川俊太郎、多多、翟永明、黄灿然、李亚伟、王小妮等16位国内外著名诗人参加了这个活动，影响大，反响好，对好诗的普及和分享有很好的渗透和浸润的作用。这个活动还将继续进行，来到崇德里现场的王寅的老友、诗人钟鸣已经当场被王寅邀请加入。

活动当天，成都刚刚走出了连日的阴郁天气，有了秋天那份特有的伶俐清爽的味道。走出王寅摄影展现场，外面的崇德里小巷，阳光铺满了青石板地面，街沿洁净，分明有邀约之意。于是我坐下了。旁边的友人们一看，咦，好舒服的样子嘛，于是一个个都坐在街沿上。从画展现场陆续出来的人，都有同样的反应，先是惊奇地咦一声，然后拍几张照片，然后席地而坐。各种照片立马被发到了微信朋友圈里，有朋友说，啊，这就你们那个聚谈啊？怎么那么像讨薪的一群民工呢？

席地而坐的秋天，真好！王寅对我说，今天你的桂花午觉睡不成了。

所谓桂花午觉，是我在秋天经常跟朋友们嘚瑟的一件事。

在说到桂花午觉具体的情形之前，容我先把前言拉长一点来说。

我住在成都城南，小区很大，是这片最大的一个楼盘；二十年前开发的，当时这片区域四周还是农田，天府大道还没有修好，我记得和先生来这里看房的时候，还驶过好长一段颠簸泥路。路边的田里有油菜花开着呢。

一般来说，这种交通不便、周边设施不完善的房子是不能轻易买的。之前听说过好些教训。20世纪90年代中期，城西就有一个叫作的楼盘"国际大都会"开盘了，名字洋气，还是一栋栋小别墅。有熟人就买了。后来听说那个小区逐渐废掉了，人搬走了，物业也撤走了，之后，盲流陆续入住，在不通水不通电不通气的别墅里，烧蜂窝煤煮饭，到了晚上，小区里烛火摇曳，也是一番景色。

听说那个熟人坚持住在里面,每天出门提一根棍子,扫着半人高的杂草出行,防止被蛇咬;到作协开会,棍子和皮包放在一起,坐下喝茶。

当年买房子的时候,就是提棍扫蛇的段子让我很是有点犹豫。但小区的确太好了。可能因为地价太便宜了,楼间距相当广阔,绿化面积极为奢侈,造景讲究的小花园有无数个,穿插在巨大的小区里。当时我们就能想象过几年这里是个什么样的森林模样。就是出于这个原因,终于决定买下了这里的房子。

现在呢,小区的确成了一片森林,当年遍植的桂花,这么些年下来全成了大树,仲秋时节浓香厚重,可以把人浮起来。每年秋天,我总是在客厅沙发上睡午觉,然后被桂花香熏醒。我发了一条朋友圈,"窗外就是一棵大桂花,正在盛开;我起来第一件事就是开窗,放桂香进屋,然后把小狗放出去,一起去画室接大狗。等转一圈回来,桂香已熏满房间了。"

冬

对四季,我有明显的好恶。很不喜欢冬天,尤其是生活在阴霾的成都冬天。每到冬天,铅灰色的天和一点点浸入骨头里的阴冷压过来的时候,我就痛悔前面的夏天被简慢地对待了。

成都的冬天不能说只是阴天,它是由铁灰色的厚厚的云层扣成的一个盖子,然后,阴影像被稀释后的墨汁一样渗到这个城市的每一个毛孔里。冬季抑郁症在这个城市里像花一样开放，到处都可以遇到情绪紊乱的男女，又重新掉进青春期里，伤痛、脆弱、泪水饱满。一个男人和女友分手，原因是"我就一床被子，只能盖我一个人"。一个男人想和前妻复合，"一个人睡太冷。想来等到明年开春就好了，但这个冬天怎么熬？"一个女人手机停机，错过了她一直等着见的人，一不留神就在我左边灌下了半瓶白酒；而我的右边，一个女人哭着拿着手机喊，"我不会再见你了！"

都是些什么人啊。多神经啊。如果冬天你来成都，多待一段时间，等这些人脸上那些礼仪性的镇定绷不住地消失之后，你就会听到看到这一切。你听到看到了，你就目睹了这个城市的隐秘，你就会知道为什么成都盛产诗人、作家、画家、颓废的酒吧老板、虚无的访谈记者、两眼发直的教授以及执念于暗恋和单恋的人；而与此同时，你也就成为这些人的朋友，你会被他们在春天、夏天和秋天空降到你的城市时那种清朗爽洁的神情给吓一跳，以为自己认错了人。

有人对我说，成都的朋友好温暖，是一种整体的温暖，这是在其他好多城市感受不到的。的确如此。成都的朋友们一起熬过了一个个晦暗如墨的冬天，彼此之间也就渐渐滋生出亲人一般的感情，大家在一起可以交换各自最家常最实在的话语，不装，不扮，不需要噱头；也可以凌空蹈虚，发表一些最恍惚最迷乱最不着边际的议论。这中间的转换没有界限，也不需要姿势。

一到冬天，成都媒体的亲切关怀也陡然升温，各种指数越来越多——穿衣指数、饮酒指数、火锅指数、晾晒指数、感冒指数、洗车指数、空调指数、钓鱼指数、睡眠指数……这些指数提示中，告诉大家今天里面还是穿件毛衣，下午又要降温；不要洗车，傍晚要飘小雨；火锅可以要中辣，但注意不要上火；衣服洗了可以在早上晾出来，明天下午也许能干；喝酒？就喝两瓶啤酒好了，加热以后喝；睡眠？哦，祝成都人一夜好觉，不吃安眠药。

　　冬天里，还有另外一些指数。快乐指数——两颗星就足够了；段子指数——三星，争取四星；八卦指数——四星，争取五星；孤独指数——四星，争取下降到三星；郁闷指数——三星，争取下降到二星；朋友指数——就算五星吧；爱情指数——哦，这个？所有的人可能都会说，算了吧。那就真的算了吧。英格玛·伯格曼有一句话："感觉不到被人所爱的危险；察觉没人爱的恐惧和痛苦；企图遗忘没有人在爱你。……我们合在一起，可能可以组成一个同盟，在清冷虚空的苍穹下、温暖污秽的大地上，各自自私地存在着。"

深宅状态和另外的职业

写了多少年呢?不算之前有一搭没一搭的那种写法(我从高中开始发表作品),我进入常态写作已经有30年了。我所谓的常态写作,虽然不是严格意义上的每天都写,但平均下来基本上一个星期总有四五天、每天三个小时左右坐在电脑前敲字。除了外出旅行的时候,在外面旅行我不写作。

在家宅久了,出门就困难。这是几乎所有人共同的感觉吧。对于一个写作的人来说,宅是必须的,而且还得是深宅才行。

只有深宅,才能用井绳一点点地把自己放下去,再放下去,直至到达井底。真正的写作状态都是阶段性的井底之蛙才可抵达的,被囚禁的事实,自觉自知,抬头看去,一个圆圆的天空,有的时候还有一个圆圆的月亮。难受吗?我觉得难受的是自己把自己往井底降下去的那个过程,很努力也很困难,待真正到达井底,也就踏实了。这个时候,自己被埋起来了,被巨大的虚无和深邃的情感所掩埋,存在感专注且清冽,呼吸和心跳都很匀净且缓慢,很孤独,很欣悦。我认为这就是一种高峰体验。

跟深宅状态类似的另外一种状态是我旅行的时候。出国旅行尤甚，因为语言、环境、饮食等方方面面的差异更大。我旅行时不写作，因为时间一般都不长，十天半个月左右，正好是脑袋放空的时候。这种空，是朝外排出去的过程，很多东西被隔在外面，无法进入，所以我旅行的时候总是有点恍惚，有些微的梦境的感觉。

可能正因为有这个排空的状态，旅行中我比平时来说很不敏感，有的时候可以说是木讷、迟钝。一般来说，旅行结束回家之后过一阵子，旅途所见所闻就开始提高亮度调高音量，然后一帧一帧地重新进入我的身体之中。这是一个唤醒的过程，这个过程一般来说也就是我对此次旅程进行书写的过程。当然，有很多时候，亮度和音量并没有调亮和增高，而是随着时间渐渐淡漠下去了。

有一次我给我的一个专栏写一个前言题词，我说"喜欢宅，也喜欢逛"。一般来说，这是截然区别的两种状态。但有一次，它们彻底融合在一起了，虽然时间非常短暂，但的确融合得非常彻底，难以忘怀。

那是在土耳其海滨小城安塔尼亚Rixos DownTown Hotel的一个夜晚。

后来过了很久，我写下了这个夜晚：

在酒店的第一个晚上，海边散步回来，开了房间门，只见满室清辉。光源来自没有拉上窗帘的露台。我走上露台，吓了一大跳——巨大的黄色的月亮就吊在海面上。那种大，那种黄，那种明亮，还有月亮下银光闪烁的地中海海面，让我觉得不真实。我仔细看了又看，一再确定那不是一盏什么高楼建筑或附近山上安置的大灯，就是月亮。

　　我在露台的躺椅上躺下，跟着月亮一点点往上看。月亮升得很慢，但渐渐地，它升到了半空中。这中间的时间有多久，我不知道。月亮越升越高，海面渐渐地暗了下来，我站起来，走到露台栏杆边，不经意间往下一看——白天见过的院子里的那棵蓝花楹居然就在下面，正对面，它已经变成了蓝、紫、黑交织的颜色，上面还残留着黄色月亮的余晖。我抬头看月亮，它的黄色仿佛已经全部留给了蓝花楹，轻盈地白亮起来。想想，安塔利亚这个地方，古希腊、古罗马、奥斯曼帝国、月亮、花朵、地中海……今夕何年？今夕何年！

　　我其实并没有完全写出我的感受，其实我羞于写出的是：作为一个渺小的人，彼时彼刻，我觉得我在历史的一个点上。非常渺小但非常清晰的一次有关存在的确认。

　　那是我第一次在旅途中体会到了深宅的状态。我这才发现，只要掉进去，一直往下一直往下，不管经过什么样的途径，无论是规律静默的家居，还是无序奔波的旅行，其实是一样的。

　　有的时候，我真觉得有点写累了。困于长年的写字生涯，有的时候，我也幻想能够拥有一份不算太艰辛但足以糊口的体力工作，用以平衡长期待在电脑前的那种积累性的疲惫和厌倦。我幻想，白天，最好还就半天，我去干一份不动脑筋的活儿，然后，另外一个半天以及整个晚上，我都可以读书了。但干什么比较好呢？就我的兴趣来说，当一个洗碗工似乎很不错。在家务事中，我很喜欢洗碗，白净的瓷器和玻璃器皿上的水滴，总是能给我带来一种愉悦的感觉。电影里那些大餐馆厨房里洗碗的镜头挺吸引我的——带着橡皮手套，一条大围裙，移动式水龙头的水流哗啦啦的，堆积如山的餐盘在经过洗洁剂的白色泡沫和清水冲洗之后，亮白夺目；但来不及欣赏，就打仗式地递出去盛盘了……这种场景里面含有一种规模效应，其快感非家里那几个小碗小碟可比。当然，我明白，这是一种叶公好龙的想象，真让我站在餐馆大厨房的洗碗池前，我可能很快就腰酸背疼了，何况，以中国当下的人工来说，我如果是一个洗碗工的话，那份生计的艰难，也不可能安心读书，晚上总得到夜市摆个摊什么的。

除了洗碗，编织也很不错。这活儿很静，很愉快。好些年前，我就开始不停地打毛线，因为只会打围巾，就打了很多条围巾，分送给女友们。我基本上没有看见她们戴过。现在，我在打毯子。是的，毛线毯子。

有一次，跟一帮朋友跑到成都周围的一个小镇去看土窑烧陶。看拉坯的时候就很享受，想象手指在柔软的泥浆上应和着旋转的节奏上下拉升，陶器的形状就这么一点点出来，就觉得相当陶醉。这个情结应该早在看电影《人鬼情未了》时就被规定好了的。再看后面的工序，作坊里，一群工匠在陶胎上刻花。陶胎上覆了一层白色的膏泥，很柔软，一刀下去，十分利索地就剜下一片软泥，露出砖红色的本胎。而那一片片膏泥真的像花瓣一样飘落下来。我一下子就有点不行了。拼命地想，这应该是我的职业啊！这就是我想要的那份职业啊！

走到玉林西路的尽头

1

对于我来说，1998年到2008年，玉林西路，以白夜为基点，对面的飘香火锅，隔壁的龙虾一绝，一路走过去，到芳沁街的小酒馆、千高原，瑞升广场的小房子、弥渡，还有沿街的那些服装小店……这个场域就像一个时间的大筛子，我和好些老朋友老熟人在这里相识相遇，一起厮混，然后慢慢地，又各自从彼此的筛子眼里漏出去，湮没在人海之中。

时间的筛子眼，是个有意思的东西，哪些人会漏出去？哪些人会留下来？是暂时留下来，还是一直留下来？都说不清楚，基本上全是缘分这个微妙的东西在起作用。

我在成都出入得最多的夜生活场所就是白夜。先是在玉林西路上的老白夜，后来是宽窄巷子的新白夜，再后来是重新回到玉林的芳华横街的白夜花神诗空间。

近几年，我已经完全不泡吧了，白夜也去得很少了。

不是不想泡，是泡不了了。人到中年，精力不济，晚饭过后，人就开始出现明显的倦困，完全无法抵御。平时在家，我差不多10点就开始洗漱了，11点过就睡了。这样的状态，夜生活是不可能的了。

老白夜是2008年秋天迁移至窄巷子的。之后，玉林西路上的那家老白夜一直还在，但翟姐不管了，交给别人经营。2013年9月13日，那天我们一拨老友聚在一块儿，翟姐说，再过几天老白夜真的就没了，换另外的商家了，我们一起去坐坐吧。

时间、地点、人物，查我的日志。那天有翟永明、易丹、易宁、张骏、李中茂、孟蔚红、阿潘，还有我。吃了火锅后，我们一起到老白夜，时值初秋，夜风清凉，我们坐在门口的那块半月形空地上，喝啤酒。

老白夜要消失了。那个晚上，没有人更多地谈起这个话题，但每个人心里估计多少都有点回顾的意思吧。那些年，那些夜晚，那些哄堂大笑和黯然神伤。就我自己来说，老白夜这个题材，在那些年里，被我很多次地写进各种专栏以及小说里。现在回看，是一种固定。但其实什么都固定不了，时间带走了一切。

关于老白夜的文字，其中有一篇，《在成都，诗歌如雨》是我自己很喜欢的，记述白夜的一次诗会。

……

何小竹用不太标准的普通话缓缓地读完《送一颗炮弹去

喜马拉雅山》后，转而用四川话急切地问，《今天你杀人了吗？》，"本来想等到秋天才问这句话／但现在话已到嘴边／今天你杀人了吗？／一个杀手就这样在我的询问中／露出了灿烂的笑容……"

听众笑了，但笑容迅即被何小竹更为急切且十分焦灼的语速给扯走了，"……我又碰见了他／他满头大汗，我也满头大汗／今天你杀人了吗？／他还是笑容灿烂／请你喝鱼汤吧，他说……"好多人可能愣了，平时温和淡定的何小竹居然有这样的戏剧性的表现力，我是见过他的表演的，但这次比平时的表演出彩。"……他抓了一条鱼在手上／问我，鲜活的不好吗？／死鱼有谁要？"他抬眼看了一眼大家，结束，笑，下台；众人鼓掌，大笑。

在60平方米的"白夜"酒吧，朗诵者和聆听者可以达到这样彻底融合的交流效果。那是2005年7月9日的晚上。这个诗歌朗诵会本来会在一个10000平方米的场所举行，作为成都国际诗歌节的一个重头节目，策展人、女诗人翟永明和北京女导演曹克非把这个朗诵会当成一个戏剧作品做了精心的设计。诗歌节临开始前被取消后，大型朗诵会变成了一个小规模的朋友聚会：一盏蜡烛，头顶上的一盏小射灯，两个麦克风，一台摄像机，一台同步映出摄像画面的电视机，一个刊出朗诵诗歌文字的投影屏幕；来自美国、巴西、委内瑞拉的诗人，还有好些中国当代诗坛的重要诗人，一大帮诗歌爱好者，英语、葡萄牙语、汉语普通话、汉语四川话,鼓掌、笑、叹息和感动。

诗人胡续冬担任主持人,插科打诨,活跃气氛。白头翁模样的芒克是开场人物,在庞然大物般的西川之后,唐晓渡很矜持,王寅有公子般的优雅,吉木狼格很放松。三位女诗人小安、唐丹鸿、周瓒有点紧张。另外还有一些诗人的表现也有点紧张。但不管怎么说,诗人朗诵自己的诗作,有一种创作的延伸感和现场感,让诗人和听众也就是读者之间亲近起来。整个朗诵会,出彩的,一是何小竹,再就是女诗人张小静和广州音乐人王磊合作的即兴唱吟诗。"莽汉派"诗人李亚伟派了一个川剧团的女粉丝代他朗诵,颇有女莽汉的味道,效果倒蛮奇特。翟永明本没有参加朗诵的准备,大家齐声要求,她说,我没带诗集啊。一个读者冲上去喊道,我有我有。翟永明说,那好吧,我给大家朗诵一首旧作,叫作《终于使我周转不灵》。全场会心地笑了。

这中间,柏桦上去了。他短促地憨厚地笑,有点紧张,他抬头看看大家,又看看诗稿,摘下眼镜,把诗稿凑到眼前,正待朗读,又放下,对大家说,"我朗读的是《在清朝》。我要说明一下,其实在清朝就是在成都。"全场寂静一片,啊,《在清朝》,那是我们这么多年一读再读百读不厌的诗啊。柏桦读得很慢,普通话很不标准。我的眼睛有点发潮——我们的青春!我们青春时代的桂冠诗人!

"在清朝/安闲和理想越来越深/牛羊无事,百姓下棋……在清朝／山水画臻于完美／纸张泛滥，风筝遍地／灯笼得了要领……在清朝／诗人不事营生、爱面子／饮酒落花，风和日丽／池塘的水很肥／两只鸭子迎风游泳／风马牛不相及……"

我几乎能背这首诗，可以在心里跟着诗人念。"在清朝，哲学如雨"；在成都，诗歌如雨。这个晚上，我被淋湿了。
……

那些在白夜的夜晚啊！诗，小说，写作。这段文字里提到的那些诗人，有的已经到国外生活好多年，有的很久不露面了，隐没在成都或者其他城市的人群之中。那晚诗会的主持人胡续冬（写下这个名字心里一抽），真是难过，他在2021年夏天猝然离世，让众友惊骇不已进而怀想不绝。

玉林西路的夜色，如果被我美化的话，是黄玉和蓝丝绒绞裹的夜色。从老白夜的门口望出去，尤其如此。

2021年10月1日，老白夜重回原址，重回玉林。那天晚上，太多老友聚集在一起。很久不见的人见面都说"哎呀，你一点儿都没变的嘛"。其实都变了。那天晚上，我特意跑到老白夜的门口去望了一会儿，黄玉还在，蓝丝绒还在，但又有另外的颜色夹杂其中，一时找不到美化的比喻。回忆这种魔法，在此处还没能靠近，更没能抵达。

2

好多人喜欢赵雷的《成都》。我觉得也挺好听，旋律平易亲切，其中还有一句很有味道的歌词，"你会挽着我的衣袖，我会把手揣进裤兜"，很有画面感，好拽，北京男孩嘛。成都男孩相对来说更温柔灵巧，会和女孩子手牵手。

对于成都人来说，这首歌里有两个词汇很惹眼，一个是"玉林路"。有人赶紧勘误，说没有玉林路，只有玉林西路、玉林北路……歌词有什么好较真的，就是玉林小区嘛。这个地方，成都人都熟悉，作为成都最早且最为成熟的夜生活根据地，很多人青春期的夜晚就是在这个区域晃荡过去的。我在我的小说里写过好多次玉林小区，一般来说，书中人物需要在酒吧见面的时候，我一般都会把他们安置到玉林小区，因为我只熟悉这里的夜色。

好些年前，深圳有个建筑论坛，请刘家琨发言，他从建筑特色和社区文化的角度专题论述了玉林小区，在此我引述开头的一段，"我的工作室设在玉林小区。玉林小区位于成都南面，是在90年代房地产风暴开始之前基本成形的。它是一个普普通通的安居小区，其规划组织原则是最平实的功能主义，外观也从功能经济性出发，没有粘贴任何文化符号，没有一点豪华，用诗人柏桦的话来说就是'贫穷而坦荡'。与今日遍布全城的其他小区的建筑质量、建筑材料、平面户型和建筑形式相比，它显然已经过时了。但事实上，玉林小区却成了成都最时尚、最休闲，生活状态最成熟的社区之一。

玉林酒吧众多，时尚小店林立，日常生活便利，夜生活丰富多彩，成名多年的艺术家和最年轻的创业者往来出没，如果硬要类比的话，这个社区对成都而言相当于苏荷区之于纽约。"至于说为什么"苏荷"之谓是玉林小区而不是其他，刘家琨后面有很多专业性的论述。

这篇文字后来有人叫它"玉林颂"。这种煽情方式估计会让刘家琨嘿嘿一下，不笑。有一次我在微博上贴一篇关于巴黎蒙马特高地的游记，有人上来说，哦，巴黎的玉林小区嘛。这个说法很贴切，当然也很傲娇。换个说法谦虚一点：玉林小区，成都的蒙马特高地，搞艺术、搞音乐、搞文学、搞媒体、搞各种杂七杂八的人的聚居地。这里，很多人不上班，因此很多人睡得晚，因此夜店餐馆云集，堪称成都夜生活大本营。

《成都》里还有一个关键词是"小酒馆"。小酒馆对于成都文化艺术圈的人来说，是老窝子的意思，老板唐蕾，也是大家熟悉喜欢的老朋友。最早的小酒馆开在玉林西路上，1997年开业，相隔150米是白夜。我去白夜的时候更多，写字的人一般都约到白夜。有时候经过小酒馆的门口，总能看到几个身影在拉拉扯扯，一看就是高了。成都人不说高了，说，麻了。

2007年，在玉林西路尽头的芳沁街，小酒馆开了第二家店。2015年，小酒馆万象城店开业。之后是2017年万象城的Littles空间开业，再之后2018年院子文化创意园开业，为玉林又添了一个文化地标……在主理老板史雷的手上，小酒馆发展得顺风顺水。

《成都》火了后,小酒馆变成了景点,当时,媒体蜂拥而上采访唐蕾,吓得她躲去了大理,还向媒体求饶:"不想在这个事情上再说啥子了,我只想说不要再提小酒馆,那么小个摊摊儿,装不到那么多人,不要再宣传了。"熟悉唐蕾的人都知道,这是她的真心话。

很多年前,有杂志来拍一个成都主题,参加拍摄的是唐蕾、郭彦、唐丹鸿、廖海英和我。我记得那天在玉林西路上会合,唐蕾姐素颜、短发,一条军装多包裤,两手揣在裤兜里,从街对面施施然走过来,相当"摇母"啊。我问:"唐姐,你出门不带包啊?"我真没见过女人出门不带包的。唐蕾呵呵笑,给我一一演示,"这条裤子全部搞定了,那么多包包,你看嘛,钥匙放在这儿,钱包放在这儿,手机放在这儿。剋膝壳儿(成都话:膝盖)这儿还有两个包,可以放烟和打火机……"这么利索的女人,好飒!我由衷赞叹。

前些年有一次去芳沁街那家小酒馆,唐蕾姐约的。那天不是周末,人不多,也没有演出。那个时候《成都》这首歌还没成为现象,小酒馆也还没有成为成都的4A景点。我们在小酒馆坐了坐,喝了点啤酒。唐蕾姐问我们,想不想吃点夜宵?同行几个男的点头,几个女的摇头。唐蕾姐说,玉林第一面哦。大家一听,全体起身,分乘几辆车,尾随唐蕾姐钻到玉林一个犄角旮旯的街边小店里。深夜的小面店客人依然打拥堂,我们各自找好位置,看唐蕾姐站在店面中央,前后左右四面八方捞鱼一般地点着同行的人头,"一、二、三……这边还有个,四……哦,那儿还有一个,五……"好像一共十来个人吧，一人一碗面，巨美味，每个人一扫而空，包括早就不敢碰夜宵的减肥的女人们。

酒足面饱，脚步踏实地走在玉林的街面上。有夜风吹过来。成都的美妙总是在这种时候呈现得十分完美。有酒、有诗、有音乐、有夜宵，最重要的是有朋友。我回头看唐蕾姐，夜色中的她笑盈盈的，笃定且从容，非常美丽。她现在不仅不抽烟了，"小酒馆"的主人其实也不喝酒了，甚至已经吃素了。她自己笑说已经和往日的酒肉聚会告别了，而且，现在她也一点都不想听到别人叫她"摇滚教母"了。现在的唐蕾姐找到了自己的信仰，朝着人生另外一条道路逶迤前行。关键是，她很快乐，真让人羡慕。

3

经过白夜和以前的小酒馆，玉林西路往西走的尽头，是瑞升广场。

瑞升广场是玉林小区西侧的一个小广场，长方形，两头的宽是小区的区间马路，两头的长是住宅，一楼朝着广场这一面全是小店，美发、美容、美甲、洗脚，卖水果的，卖衣服的，卖杂货的，卖避孕套的，什么都有，品种很多，但风格统一，就是一个小字。另外还有好些小茶坊和小酒吧。小茶坊和小酒吧都可以将桌椅板凳遮阳伞什么的从自家店铺门口延伸摆放出来，因此一到瑞升广场，人就想找个椅子陷进去；陷进去之后，人就犯困，迷迷瞪瞪中，游走小贩凑过来推销,"买个柚子嘛,纯甜。"

瑞升广场,从北面进入,左边有"小房子",右边有"弥渡"。

2011年7月3日深夜两点,我坐在弥渡酒吧门口的屋檐下,看着夜光中周围房子的轮廓,还有又下起来的雨。

这么晚了还没有回家,是因为暴雨。而且已经暴了好久了。

这个深夜的这场雨如果照平常来看,不算小,但比起下午和黄昏时的雨,已经不能算雨了。当天下午至黄昏的大暴雨,不知道是多少年一遇,有说是30年一遇,有说是50年一遇,那天下午,成都成了水城,微博上全在吆喝着到成都看海。那天我正好有饭局要出门,陷入成都海里,在路上辗转挣扎,20分钟的车程走了两个半小时才到。这不,到了深夜,大家从午夜才结束的饭局上转台至酒吧,一方面是兴致高不肯散,另一方面也是干脆聚一块儿压压惊。

弥渡是个小酒吧,它的对面还有一个小酒吧,叫作"小房子",这两个酒吧分别是成都画家和成都文人经常聚会的地方。这两拨人又经常因为活动汇聚在窄巷子的大酒吧"白夜"里。这个晚上,因为一同的朋友大多是画家,所以我们去了弥渡。

弥渡是何多苓除了白夜之外的另外一个老窝子,更是唐雯的老窝子。朋友们都说唐雯在弥渡坐台。很奇怪,唐雯不去音乐酒吧小酒馆坐台,就喜欢待在弥渡。而平日里,如果不特别地去想一下,大家都想不起来唐雯是唐蕾的哥哥。何多苓和唐雯在一起,夜深酒酣,常常会来一组二重唱,《深深的海洋》《红河谷》……两个老友和声默契,非常动人。

我平时去"小房子"比较多,特别是有外地文人朋友来蓉,我经常会带他们到这个让人放松的小酒吧来,这里的室内布置就是让人可以东倒西歪的那种,长长的木桌木椅,椅子上扔着厚厚的手工织布的大垫子,墙上贴满了五花八门的海报和便条。小房子的老板叫杜姐,江湖人称"诗歌的表姐",为人亲切温柔,很受大家欢迎。杜姐喜欢民族风的宽袍阔袖的打扮,棉麻质地,灰绿暗红的色调,衣摆裙裾有各种绣花,艳硕的藏式首饰。她特别爱戴一条小铜锣样式的项链,我对她说,每次见,就想拿根木槌敲响它,当……

小房子跟杜姐的为人一样,谦逊随和。店如其名,不大,一百多平方米,分隔成三个区域,墙上是各种海报各种涂鸦各种留言各种纸片,胡天野地的。门口缠绕着藤蔓植物,掠过枝条歪头一看,窗棂低至膝盖的店内已经坐了几个熟人,于是不走门,一抬腿就从窗户进去了。杜姐笑眯眯地过来招呼,来啦?喝啥子?还是花毛峰哇?给你们端点新鲜花生哈,好吃。

进出小房子不走门的不光是熟客,杜姐就住在酒吧后面的小区里,晚上打烊后,锁了前门,从后面的窗户钻出去,就回家了。

我不知道小房子是什么时候开张的,印象中吉木朗格、尚仲敏他们几个诗人总在这里斗地主。渐渐地,这里就成了成都文化圈除白夜之外的一个重要据点,各路牛鬼蛇神纷纷落脚于此。很多到过成都的外地牛鬼蛇神、文艺圈的大V,除了在白夜混过,好多也在小房子混过。

就小房子的常客来说,小房子的吸引力之一是因为到了这里,就不用换场转台了。下午开始喝茶，到了晚饭时间，喊吧台小妹把附近几家实惠馆子的菜单拿过来，点几样家常川菜；或者干脆就不看菜单，反正回锅肉、水煮牛肉、鱼香肉丝、青椒土豆丝、炝莲白什么的肯定是有的。过一会儿，餐馆小弟娃提着食盒过来，一盘一盘往外端，碗筷勺也一应俱全；等吃完了，小弟娃又十分机灵地出现了，一盘一盘地往回收。吃的过程中，杜姐有时候会踱过来，哦，又吃回锅肉啊？他们的回锅肉是好吃哈。大家招呼杜姐一起吃，她笑笑，不了，后面已经在弄饭了，你们好好吃。

小房子有三位常客，李文胜、马醀、文迪，大家都说他们是小房子的坐台先生，基本上每天从下午到后半夜都是泡在小房子里的。这三个人都是成都话里所说的"神人"，活动店招，很有吸引力。如果加上也经常泡在小房子里的导演陈心中，"小房子F4"就齐了。有一次我在深圳跟女友们聊小房子，说到李文胜，我说，此人曾经在酒足饭饱之后慵懒地唤服务生小妹道"给我抬一根牙签过来"。深圳女友大笑，于是一直嚷嚷着到成都一定要去小房子看看牙签是怎么"抬"的。在小房子，从下午坐下之后，就可以不动窝了，叫茶叫餐叫酒叫零食，只动嘴就行，是不抬屁股抬牙签的懒人酒吧。能让人懒成这样的酒吧，估计也只有成都才有。

随意、放松、老板亲切，这是小房子的风格，但还不是小房子的核心吸引力。我认为，它的核心吸引力是它的迷幻气息。

小房子是个迷幻之地，到了这里的人就会有点发癫。每个人身上其实都有一些神经兮兮的东西，在其他地方都能稳住，但到了小房子，就被刺激出来了。有了酒精做催化剂，神经兮兮跟神经兮兮彼此碰撞，就发生了化学反应。小房子里面的对话是非常欢乐的，前言不搭后语，上气不接下气，天一脚地一脚，栽一头冲一头，各说各话，交谈融洽。我一个单身女友过了几年突然醒悟道：真不能去小房子混了，本来是一个单身女文青，想到小房子去整点邂逅，后来发现自己已经变成了一个单身女神经病了。我和好些写作的朋友曾经探讨过独特的"小房子气息"。颜歌说，真很奇怪，人到了小房子就跟磕了药似的，特别嗨，也不会正常地说话，自然而然就开始胡说八道起来了。的确如此。在小房子，我见过多次彼此鸡同鸭讲还交流融洽乐不可支的场景，见过好些单身男女指望到小房子来艳遇，一晚上下来成了哥们儿，还见过聊天过程中有人突然说，等会儿我就回来，我去洗个脚，见过宁远蹦到桌子上跳舞，见过桑格格在这里搞了一整晚的独唱。……有一次，我在场，颜歌跟她的老师易丹说话，没说几句，易丹正色道：你现在不要用小房子语言跟我说这个问题哈……

我记得那个暴雨的深夜，在弥渡的屋檐下，看着对面小房子的灯光，灯光中晃动着不甚清晰的人影，我猜那里面一定有好些熟人。

深夜两点的玉林，依然是醒着的。

往事俱往矣。杜姐后来不做了，把小房子抵出去了。自从杜姐走了后，我也就没怎么去过小房子了。天下没有不散的筵席。那就散了吧。

曾经的大慈寺

1

有外地朋友来问我：据说大慈寺就在太古里，但为什么去过几次太古里都没有看到大慈寺呢？

我不知道怎么回答。大慈寺就好端端地立在太古里那儿，你几次去都没有看到，那我又能有什么办法呢？

也曾经有外地朋友去过几次太古里，每次就径直去大慈寺。他说，90年代中后期看我的文章，就看到这个大慈寺，当年就觉得很有意思。最近一些年，出差到成都，总是住在太古里旁边，于是每次就先去逛逛大慈寺，人少，清净，气场相当不错。

关于古代大慈寺，录两段讲古的片段就很清楚了：

……故（大慈寺）历唐、宋、五代、元、明数百年间，其壁画梵王帝释、罗汉、天女、帝王将相，瑰玮神妙，不可缕数。至于寺院之宏阔壮丽，千栱万栋，与夫市廛百货珍异

杂陈，如蚕市、扇市、药市、七宝市、夜市，莫不麇集焉。（《华阳县志·古迹》）

寺极盛时，西抵今锦江街、江南馆街、金玉街、棉花街一带（商业场及红旗剧场附近，曾发现卧佛头像，如为大慈寺物，则寺址亦曾达其地）；北至天涯石北街、四圣祠、庆云庵街；东抵城垣一线；南至东大街。（《成都城坊古迹考》）

20世纪90年代中期至末期，大慈寺是我经常去的地方。和我一样经常去的人，基本上都是在附近红星路上班的纸媒同行，《四川日报》《成都晚报》，后来还有《成都商报》《商务早报》《华西都市报》等，还有几家杂志。另外，这里也是文联、作协、广播电台等几个单位的人的窝子。

那时，大慈寺还没有恢复为寺庙，还是成都市博物馆，大门开在蜀都大道上，要收门票，记不得票价了，反正很便宜，但媒体圈这拨人进门的时候，就对门卫说，我们找肖平。于是门卫就开门放人进去了。这里面多少有点无奈和不满吧，可以想见。成都地方文化史著名学者肖平先生当时供职于成都市博物馆，现在他是成都市图书馆馆长。那个时候，他们单位说不定私下有议论：这个肖平，看上去那么斯文安静，结果在社会上裹了好多奇奇怪怪的人哦。肖平老师真挺冤的。

在大慈寺前后瞎晃了好多年，后来反应过来它是成都市博物馆。但展厅呢？展品呢？是没有，还是我根本没关注过？

早些年，进了大慈寺的门，就穿过一进，到了更阔大的二进的庭院，找一空桌，边拉开竹椅坐下边喊幺师泡花茶。我现在都还能清晰地记得穿过一进回廊的那种感觉，被一双半高跟架起了势，挺胸抬头，快步嬉笑，衣摆带风。眼角余光中，院子里那些葱郁的树匆匆倒退而去。那个时候，走路真快啊，而且，还总是穿半高跟皮鞋。

那个时候，我的文章里很有一些涉及大慈寺的。

比如：

> ……想当年，大慈寺有三进，我们一般选中间那进的庭院，下雨时就坐在庭院四周的回廊里；什么样的鞋，贵的，便宜的，都踏在结实的泥地里，女人离开时，一般要用纸巾把高跟鞋上的泥揩去；桌上堆着盖碗茶、报纸、书、手机和瓜子，谁要一不小心踢到桌腿，一桌的人都跳起来赶在茶水淹过来之前抢救。中午不想动时，喊几碗面过来吃，很多时候要说上两句："我要的是清汤的嘛，咋个上的是素椒呢？算了算了，下回长点记性嘛。"上厕所的人绕了一圈过来，说流沙河在前面那边的银杏树下正和几个老头聊得起劲；如果约了那个著名的眼神同时朝两个方向看去的朋友来，就怕他远远地扬手，他一扬手，院子这头和那头两桌的熟人都要举手回应。……

之前，我最后一次写大慈寺，应该是现在这个太古里立项之后。

秋天在成都太短了，可能就一个多月的时间吧，大家都拼了命地消费它，绝望并快乐着。国庆长假期间听到一个不好的消息，说是大慈寺要拆。大家都急了。我也急了。如果把大慈寺拆了，那我就——我就——我也不知道我就能干什么。但上海来的朋友坐在我家沙发上说，如果大慈寺拆了，我就不登你家门了。海派文化里怎么养出这么不讲理的人？

报社的朋友赶紧去查清真相。结果不拆大慈寺，要拆周围的烂房子，然后建一个以大慈寺为中心的商业街。这还差不多。

我和我的朋友们有多少如花似玉的日子是在大慈寺的银杏树下度过的？多少个下午，我们一起喝着三块钱的茶，或望天发呆，或胡说八道，然后，有人去开编前会了，有人去签大样了，有人在约稿，有人突然惊呼交稿的死限到了，有人走到一边去接电话，返回来时强作镇定，还有人张皇失措地望着渐渐降临的暮色，拼命想拉人一起吃晚饭。那是我在媒体干活的十年，也是我的青春期。在这十年里，我看到一个个老友的变化，男人的发际线往后退了，肚子挺出来了，女人的眼角不那么光生了，斑点爬上了曾经无比光洁的脸。而我，曾经精力充沛可以通宵达旦地玩，现在，晚上12点就困得睁不开眼了。真的，如果大慈寺拆了，我就——我也许会流泪吧。

2004年，大慈寺恢复为寺庙并对外开放。还是有茶馆，在几个香火不太旺的大殿的旁边，卖纪念品的小卖部的后面，有一个狭小的水泥地面的茶馆。我和朋友们还是去喝过茶，很多人拥在这个小茶馆里，幺师好不容易给我们扒拉出一个角落，没有茶桌了，给了我们一个条凳做替代。到了中午，习惯性地叫面来吃，说要两个二两，人家说，我们不卖二两，要买就买三个二两。还要自己去端，为了两碗面，站着等了二十多分钟。

大慈寺的茶是喝不得了。一时间人心惶惶。

后来，我们又找到一个喝茶的地方。锦江宾馆苗圃里的露天茶园。这里浓荫密布，每张桌子之间有花木做天然的屏障。透过花木屏障的缝隙，有时，可以瞄到一眼左边一座的女人正在点烟的手；有时，可以听到一耳朵右前方那桌的几个男人正在骂上一把出牌错误的那个家伙。这里非常安静，特别是在午后，有一种潜入了水下的感觉，世间百态都被隔在水之外，然后，被折射，被美妙地扭曲。那时我已经从报社调到了出版社，锦江宾馆跟出版社大楼就隔了一条人民南路，跨过去就是，于是我经常约人在那里喝茶，包括很多外地来的朋友。前两年，作家王恺来成都做活动，回忆跟我的第一次见面是在一个小树林里。在座的朋友全都大笑起来，问你们为什么要在一个小树林见面？王恺说的就是这个锦江宾馆苗圃里的茶园。

在这里喝茶，太阳天里也阴凉舒适。最美妙的时候是阴天，起风，细小的花瓣和落叶，径直往茶杯里飘，每个人都必须用手去盖住茶杯口，长发的女人同时用另一只手去拂开脸上的乱发。然后，抬头看，不知这些礼物从何而来，只见树的空隙中那清凉的天空。

那个时候是博客盛行的时期。我的天涯博客"洁尘的私人版本"有点厉害，有一千多万的读者，我因此还跑到北京去领了天涯的一个奖。有一个读者给我留言说："……我漫无目的地浏览你和与你链接的博的博（注：博是博客的简称）。有意思。你们简直就是成都21世纪的吉温尼画派——绿色的树林，静静的河流，美丽的花园、亲属、友人和悠闲的生活，再加上回避。后一句可是我说的。"

"回避"一词触到了我的要害。我告诉她，我在文字里所呈现的我和我的朋友们的生活，是真实的也是虚构的，这只是一个角落，或者说，这只是一种表面。比起内心，生活形式是狭窄的。我用这种看上去舒服的方式，回避内心，回避这世间所有让我迷惑让我不安让我痛楚的东西，让自己安全，让他人也安全。除了回避，我没有其他的路。

那个茶园原本没有名字的，后来我们就叫它"回避"。

2

2000年之后，有一两年，周一到周五的工作日，我几乎每天都到大慈寺。没进去，绕过去之后到它的后门，那里有个轻工幼儿园。

我儿子毛毛两岁半开始上幼儿园，先是上他爸爸单位所在的川报幼儿园。上学头几天，到了下午两点过，先生就接到老师的电话。老师叹气道："没办法，还是哭，还是不吃饭。"于是先生只好去接了他，带回家去。

待适应了川报幼儿园没多久之后，按上面的规定，各个单位的幼儿园一律撤销，于是转到附近的轻工幼儿园。那个时候，毛毛已经明白上幼儿园是必须的，于是不哭不闹，也好好吃饭了，每天早上自己抱着一本字典去幼儿园，别的小朋友玩玩具的时候，他就在那里翻和写，很快就认识各种繁体字了，能写"麒麟"这种难度的字。我一直以为这个孩子以后肯定学文科，很可能会和我们一样上中文系，还很可能对文字学有兴趣。完全没想到的是他以后学了数学。

那阵子，我下午四点钟左右赶到大慈寺的后门，进幼儿园接到孩子，把他放到自行车后座的儿童椅上，骑车穿过一截拥塞的菜市场，走到书院南街，然后在书院大厦那里左拐，穿过红星路，走华兴东街、华兴正街还有华兴上街，横穿过太升南路，进入大墙西街，然后到居家所在的鼓楼洞街。骑车十五分钟左右吧。

书院南街的街口有一个熟悉的干杂店，盛夏季节，我会停下来，把孩子抱下车，给他买一个和路雪蛋筒冰激凌，让他吃完，用湿纸巾仔细揩干净他的嘴和手，再把他抱到车后座上，然后再骑车回家。毛毛从小慢性子，吃个冰激凌也慢，吧唧吧唧地吃好久。我等着，顺便张望一下街景，有时会遇到商报的熟人匆匆跑过去，彼此挥挥手。为什么不边骑边让他在后座吃呢？后座是儿童安全椅，他吃东西完全没有问题。有一次我在干杂店遇到一个熟人,听我说急着赶回家,晚上还有事要出门,就这么问我。我告诉她:如果让他在后座吃,吃完之后的结果是拿我的衣服当毛巾用,嘴和手在我后背上各种蹭揩,弄得一塌糊涂。

后来因为大慈寺区域的改建工程,轻工幼儿园也要撤销了。毛毛于是又转学了,转到外公外婆所在的铁路局幼儿园去了。这是后话。

那两年几乎每天都到大慈寺的后门,按说我完全可以提前去,先进大慈寺和一些熟人朋友喝喝茶,到点了再去接孩子。那时我的工作也还是比较悠闲的,已经不做记者了,从文化新闻部转到副刊部当了编辑,每个星期一个读书版,做起来很轻松,喝茶的时间是有的。但真的就没再进去了。

我那时在忙什么呢?现在想来真有点模糊了。大致上,一方面是忙孩子的事。女人一旦生了孩子,注意力、关注点以及精力和体力的分配,都和以前完全不一样了。另一方面,我那时已经完全进入了常态写作的状态。我所谓常态写作,基本上是每天都写,然后一直延续下来,至今。

这些天我翻找早年的日志。翻到某一天记述说,下午去了大慈寺,晚上在读永井荷风。"啊,栀子花有红色的?!永井荷风搬家要带着一株栀子花种在院中,不光为赏花,而是采摘果实当作颜料在稿纸上划格子用。情趣清绝。"

在这之后,我写道:"真的,我不能任性地写作。我的敏感可将一切视作液体，汨汨流淌，没有穷尽。放纵感觉对于一个不愚钝的轻盈的女作家来说是太容易不过的事。我渴望晶体的感觉。流动的不成形的，在我这里没有什么价值。"

重看这一段令我一怔。是因为当时读永井荷风而有所感？当时读的荷风，和我以后再读的荷风，滋味有所差别，而且差别还挺大。至于说那句话，那种对"晶体"的向往，倒是没什么区别，但是，对于"晶体"的认识已经发生变化了。

3

现在的大慈寺，被太古里所环绕。太古里这个词本来跟成都、跟大慈寺没有关系，是地产商的名字，但以大慈寺为依托，于是也就沾了"古"意。客观地说，太古里建成以后，成都人为之有点骄傲是应该的。各个大城市的CBD，大的商业中心区，各种奢侈品品牌店，像太古里这种由一栋栋两层楼的仿古建筑构成的区域应该很少吧。太古里至少有点疏阔之气。

我最近几次去大慈寺，都是因为陪外地亲友到了太古里，顺便就拐进去转了一圈，还给别人介绍说，这座庙是从隋代开始的，跟玄奘和唐明皇有很大的关系。

说了两次后，心里不踏实，还是去查一下吧。果然有点问题。

大慈寺始建于魏、晋，极盛于唐、宋。公元622年，玄奘法师在大慈寺受戒，之后苦研佛学，在成都五年期间，经常在大慈寺和空慧寺讲经，为蜀人所景仰。但玄奘并不囿于此，志存高远，发奋精进，终于从三峡出川，取道荆州至长安，然后一路西行，实现了赴西天取经的壮举。

安史之乱时，唐明皇逃至成都，敕书大圣慈寺。

翻看资料时，引起我兴趣的不是那些有关宗教和皇家的"硬"料，而是当时关于大慈寺的世俗繁丽之貌。陆游在《天中节前三日大圣慈寺华严阁燃灯甚盛游人过》一诗中吟道："万瓦如鳞百尺梯，遥看突兀与云齐。宝帘风定灯相射，绮陌尘香马不嘶。"

极盛时的大慈寺，占地千亩，有九十六院，八千五百区，人工开凿的玉溪流经寺前，富清洌婉转之景象。寺前是大集市，各种交易琳琅满目，同时也成为市民逗留游玩的胜地。寺旁有跟玉溪相连的小湖，名为"粪草湖"（现在粪草湖街的位置），寺中粪便由此运走，可见当时寺中僧侣之众。

现在的大慈寺是个闹中取静之处，我最近几次进去，人都很少，气氛寂寥，倒是显得庭院里那棵大银杏树更有气象了。不知道现在大慈寺里面有多少和尚。寺的外面，是红尘万丈物欲汹涌的太古里，也是市民逗留游玩之地，跟早先倒是异曲同工。挺有意思的。我没觉得不好。

回到红星路

开车四十五分钟进城，过了红星路下穿隧道，在广电厅旁边右转，进小街，过了红旗超市，再绕进一条小街，就到了。熟练地找到停车位。看车的大爷过来问，只喝茶啊？我说，不晓得，可能会吃饭，也可能等会儿就走。大爷说，那你先给三块钱，超时了再补。

熟练地踱进旁边的茶园。有先到的朋友向我招手。鹤姐、山姐、鱼姐姐、小红等老友也陆续来到。

那是前些年的一段时间我们聚会的窝子。就在红星路二段的成都日报社的背后的一条小街上。红星路二段在我曾是最有归宿感的一个地段，这是成都平面媒体聚集的新闻一条街，我在这条街上，度过了美好的青春岁月，工作在此，居家在此，儿子也生在这里。

2002年9月，我从报社调往出版社，在一片狼藉中离开了红星路二段。那个时候，红星路二段在修高架桥，已经挖得不成个样子了，像一个刑事案件的现场。那些覆盖过我青春期的梧桐，已经被挪走了。我不知道它们到了哪里，也不知道它们还能不能活。俗话说，人挪活，树挪死。树挪地了，我也挪地了，十年缘分到此为止。

说来我该有点伤感，因为我在红星路二段出入了十年，但是，那一片狼藉让我主动丧失了一次抒情的机会。九月的太阳还是夏天的太阳，相当酷烈，它下面的工地更让人不能忍受。我得意地对那些经常抱怨顶着一层浮灰来上班的旧日同事们说，我走了，去盐道街了，过好日子去了。

出版社在盐道街三号。盐道街浓荫匝地（是我要的梧桐），盐道街鸟语花香（有一个花鸟市场），盐道街上有许多情调小店，卖印度、巴基斯坦、尼泊尔以及中国西藏的饰品、香料和手工织布，街上终年飘着一股藏香的味道。这些店门楣低矮，光线昏暗，钻进去看不到老板在哪里，老板却不知从哪里尾随着你进门，在你身后先是习惯性地喊一声"hello"，这才定睛看清不是老外，转口问："要点啥子？"也不怪老板眼神不好，离盐道街咫尺之遥的是成都两个老牌星级宾馆，锦江宾馆和岷山饭店，是很多老外的住宿选择。

我喜滋滋地到了盐道街，这才发现坏了。我的好日子还没开始就要结束了。这里也开始拆了，改了，拓宽了。事情还没有根本性落到盐道街本身上面，它们在它周围的烟袋巷、青石桥一带徐徐进行，像好些条冷静的蛇在朝着目标蠕动。我要是趴在出版社办公室的窗户上，正好可以目睹这场围剿的全过程。

这个我生长的城市究竟要成个什么模样？

有一段时间，四川大学附近的培根路开始拆建的时候，我的一帮朋友情绪波动得厉害。他们对培根路的感情就像对初恋情人的感情一样。有两个朋友还跑到那里支持钉子户，在那家孤独而倔强地"钉"在一片废墟里的老茶馆里喝了一下午茶，和几只高龄的硕鼠一起缅怀了青春。那段时间，当朋友们激动地抨击这些拆建行为时，我一直没有怎么说话。对这个问题，我一直相当矛盾。这种矛盾是前些年的一个事件引发的。当时我和摄影师齐鸿在城东南著名的老街水津街拍照，那里的老墙甚至还嵌有汉砖。我和齐鸿穿梭在潮湿的巷子里，跳过青石板路上的一摊摊污水，专找一些标志性的破烂门洞定格。街沿上那些坐在小板凳上的居民冷淡地甚至有点敌意地看着我们，在他们的身后，我依稀可以看见他们的家，黑黢黢的，一堆乱七八糟的家什。浓烈的霉湿味从那些屋子里窜出来。我和摄影师都没有住过这样的房子。

我很苦恼的是，在这个问题上，我显得是那么温吞和迷茫，我真的不知道该怎么对待这个问题。一般人都说，我们不是反对城市改建，我们要的是保护性的改建，而不是破坏性的改建。这话在我看来，真是站着说话不腰疼。什么是保护性？什么是破坏性？说出来写出来是两个词，做起来动起来就太不容易了。

城市改建和保护城市历史风貌之间历来就是一个矛盾。这个问题不独成都，是每个历史名城都要面临的。其实大家都知道，"不动迁"方案是首选之策，可是不动迁所花费的人力财力物力往往高于普通的拆迁改造方式，就政府而言，的确有苦衷在其中。但不管怎么说，保持历史风貌是我们为子孙后代必须尽的义务和责任，它并不阻碍当下以及今后的生存发展，而是更好地生存发展的一个重要组成部分。知其难而为之，这也是一个政府必须承担的吧。

过了两年，我辞掉公职，成为一个职业作家。一路向南，越走越远，越走越静，从一个风风火火的记者走到像个鼹鼠一样待在郊区书房里。

但从2008年开始，我频频回到红星路二段上。因为找到了这个让很多朋友交通方便同时也相当契合我怀旧心境的茶园，于是，我总是提议在那里聚会。当然，关键是这个茶园舒服方便，在大榕树下喝一下午的茶，接着还可以在这里吃晚饭，不用在交通高峰时段转场。还有一个好处是，价格颇为厚道。

进了九月，我已经去了那里好些次了。这些年，九月几乎总是我在外面玩得最厉害的时期。

初秋，凉快了，但还是衣着单薄行动利索，坐在露天场所有微风吹拂，所以，憋了一个夏天汗水的人们都愿意趁机纳凉，而且，都知道，成都的秋天太短了。大家都玩心大，于是我喊别人，别人也喊我，就这么一个局一个局地玩。至于说是不是有这么多时间玩，那就不管了。我那段时间经常是早上起来一看记事本，心头一紧，心说，哦呀，不能玩了呀。待接到朋友电话问有没有时间出去喝茶，我立马就说，有，有时间。破罐破摔，天还塌了不成？

那年，就在那个茶馆，有一个聚会印象特别深刻。

还是老友聚会。先到的都是女的。是多老的女友呢？都是差不多十五年左右甚至以上的交情。那种友情的老法，让人浑身通泰。谁不知道谁呀？完全没有装的可能性；大家一起走到现在还密切交往，那就是姐妹情分了。

坐下没一会儿，旁边有人招呼。是曾颖。在这里经常会遇到曾颖。我知道他就住在旁边的电梯公寓里，这个茶园就是他的书房、饭厅以及客厅。曾颖那桌一个女孩儿冲着我甜笑。我也对她笑。她站起来走过来，招呼我"洁尘姐姐"，好乖的姑娘，小圆脸，翘鼻子，近乎板寸的短发。曾颖介绍，"这是桑格格。"

呵呵，桑格格，那个用成都话写《小时候》的桑格格？之前两三天还有人来问我桑格格的电话，我说，我不知道，我不认识她呢。以前也有一些编辑来问我桑格格怎么联系。他们都觉得，成都的嘛，写字的嘛，肯定认识。桑格格也说，也有一些编辑来找她问我的联系方式。在外地人眼里，成都很小吗？凡是写字的都认识？但成都是很小，这不，住在北京的桑格格，回成都来喝个茶，就和我碰上了。

看《小时候》，我就喜欢这个精灵古怪的成都姑娘。桑格格和曾颖拼到我们这一桌，我给老友们介绍小姑娘以及她的书。我是相当欣赏她的，不仅是因为《小时候》是用成都方言写的，重要的是，这本小说里展现出来的才华。

典型的成都姑娘就是可爱，比如桑格格，一晚上加入我们一帮老友中间，得体、乖巧、好玩，一次次为各位大哥哥大姐姐们斟酒斟茶。问她的头发一直这么短吗？她说，已经很照顾她妈妈的情绪。上次回成都来,剃的是光头,她妈急了,让她戴上一顶假发才能出门。是那种长辫子的淑女假发。去吃火锅,热得要命,桑格格一把揪下假发当扇子扇,把旁边服务员小妹惊得呀,端的啤酒杯砰地就掉地上去了……

突然走到庆云南街和干槐树街

前阵子，我突然没有任何事情就去了一趟庆云南街和干槐树街。

我走了一大圈，在庆云南街时，分别在成都日报社、二医院那里停下来看了看。就只是看了看。然后让自己回忆了一下当年的街貌，也不太想得起来了。我只是知道原来二医院门口的那几家面店和小饭馆已经没有了，而早年的成都晚报社，也就是现在的成都日报社，大门也不在庆云南街上，开到前面的红星路去了。庆云南街是红星路的背街，当年，成都晚报社的地址是"庆云南街19号"。

然后我走到干槐树街10号。两个身着臃肿冬衣的男人在街沿的小桌子上摆开象棋，捉对厮杀，然后一堆同样身着臃肿冬衣的男人围观。这个景象是我熟悉的。我还想得起来当年那些围观男人背在后面的手，有拿着一袋馒头的，有捏着一把葱的。

在门口犹豫了一下，还是走了进去。跟门口的景象一样，10号里面还是老样子，谈不上是一个院子，黑乎乎的一排自行车棚和老宿舍之间，是一条挺窄的通道，几棵长在隔壁第三幼儿园的蜡梅树，枝条伸了过来，在车棚上支着，想必每年隆冬这里还是会飘荡几缕蜡梅花香。

有好些年，我住在干槐树10号，然后走5分钟的路，到庆云南街19号上班。

关于庆云南街和干槐树街，《成都城坊古迹考》（2006年12月修订版）有这样的记载：

"庆云南街"南接惜字宫街，北至庆云西街东口，长215米。旧为书院街最北段，继为惜字宫街，后又以街西有庆云庵，改庆云南街。成都日报社设此。

"干槐树街"东接惜字宫南街，西接布后街，长95米。旧为布后街东段。1921年，加拿大教会建协和女子师范幼儿园，1942年改名树基儿童学园，1952年更名成都市第三幼儿园。

干槐树街非常小，就如《成都城坊古迹考》中所记载的，仅长95米。现在它还是这么一条短短的小街。在成都市第三幼儿园的隔壁，就是干槐树街10号，四川日报宿舍。这是川报分散在成都市区好些处的宿舍区的一个，规模很小，就一栋六楼的房子。先生李中茂供职于四川日报，我们当年住在最后一个单元的左手二楼。那时，我的家也很小。建筑面积70平方米左右，老房子，除了小小的厨房和卫生间，有两间房，没有客厅，只有过厅。房间开间倒也不小，我们把其中的一间房设置为客厅兼书房。

在宿舍门口的对面，是一条小巷。但人家不叫巷，叫爵版街。爵版街连接干槐树街和藩库街。当年，整条爵版街就是一个菜市场，这给我们的日常生活带来极大的方便。这个菜市场的核心地带不在巷头，也不在巷尾，而在巷子的中间，那里有一个肉摊，摊主每天在案板上细细地剁着肉馅，同时也剁着一些细细的姜末。可以买上两块钱的肉馅，摊主用菜刀挑上一坨，放进塑料袋，往杆秤上一搁，准得很，就两块钱左右，前后差不了一毛，然后摊主再用菜刀尖挑上一撮姜末放在肉末上，系上塑料袋递给顾客。没一句话。他知道顾客是用这肉末做圆子汤的。而肉摊旁边的菜摊，总是有豆芽菜在卖，都是些肥白的黄豆芽。黄豆芽旁边是稍显寒酸瘦削的绿豆芽。买了黄豆芽就不会再买绿豆芽了。黄豆芽入汤，绿豆芽清炒，一般都是这样的家常做法。

这回走到干槐树街，自然就走了一趟爵版街。菜市场没有了，只有街边的便民超市和几家蔬果店。跟记忆相比，这条小巷宽敞了不少，骑自行车的少年从我身边飞驰而过。

经常有人会说起"职业生涯"这个词。一般来说，我正面应对这个词汇的时候很少。作为一个职业作家，我已经居家写作快二十年了。对于一个不上班的人来说，写作这个职业是存在的事实，但因为没有职场，所以很难与职业生涯这个词找对契合的点。

要说我的职业生涯，相对来说理直气壮的，就是在庆云南街19号的十年。我在成都晚报前后供职差不多就是十年。

正式的回忆本身很难对我有所触动，能够触动我的东西往往是猝不及防的。庆云南街的十年，我总是匆匆忙忙地出入着，现在回想那时的自己，似乎只能看到一个瘦削的人影，想不起来在忙些什么。我在很多年里都是一个相当瘦削的女人。离开报社之后，父亲给了我几本工整仔细的剪贴本，那里面，有"本报记者陈洁"刊载在成都晚报上的所有报道，从第一篇几十字的简讯开始。我不知道有多少曾经当过记者的人有这么齐全的个人新闻作品资料。现在这几本剪贴本还在我的书柜里，是我的宝物。父亲沉默寡言，吝于表达，从小到大，我几乎没有听过父亲对我的当面夸奖，但我知道，他一直以他的方式关注我，甚至可以说是宠溺我。

离开庆云南街很多年后，某一天突然听说老成都晚报院子里的那棵银杏树死了，被伐掉了。那一刻，心绪纷乱不堪，仿佛可以从树的顶部看下去，看到树下发呆的那个穿着蓝色外套的自己，刚从成都晚报文化新闻部面试出来，呆呆地回想自己是怎么回答先前副主任何平（后来的小说家何大草）的问题："你觉得，你作为一个记者会有什么样的优势？"出了门，就瞬间忘记了是怎么回答的，可能是因为太紧张了。

我的记忆全是选择性的记忆。对于岁月的往昔，我个人所经历的那一部分，全貌也荡然无存，仅是一些片段和细节。我常年有记日志的习惯。现在回头翻看之前的日志，十年的庆云南街，日志里大部分都是阅读笔记。那个时候，文学是我的全部吧？我对日常生活是多么不屑一顾？

我从来就不是一个好记者，我对现实的兴趣不大，尤其是我之外的现实。我的自我这个东西太大了，它占满了我的内存。我很难说这是好还是不好，但没有太多改变的可能性，因为这是出厂设置，是先天的。很多时候，当我与现实过分格格不入的时候，内心就会有一个提示：请恢复出厂设置。

自我这东西太大的人，关注的是自我与现实、与这个世界的关系。这是我的写作的缘起吧。

突发奇想走了一圈老窝子，但走下来我相当沮丧，因为我没有任何感觉。我想怀旧一下，想些许伤感一下，想浮想且联翩一下，但什么都没有。

曾经，我居家和工作都在春熙路和红星中路这个市中心的区域，后来家住在南郊的华阳，市中心是我很少涉足的地方。又因为常年居家写作，没有班可以上，也没有什么经常出入的地方，我不得不承认，对于成都的核心，我已经相当陌生了。这些年，南城对于我来说还比较熟悉，在我的活动半径之内，北城要好一点，因为我时不时要穿城而过，去看望父母；而一旦有事去西城或者东城，我都觉得到了另一个城市，全然不辨方向。至于市中心，它的格局还是那样，但细节的变化太快，也让我目不暇接。记得前两年几位女友约我去IFS看电影，我问什么叫IFS？在哪儿？还有一次大家约到春熙路旁边的一家餐厅吃豆捞，我问啥子叫豆捞？女友们嘲笑道：你现在真的是好low哦。居家职业写作，时间自由以及其他的诸多好处不用多说，也被很多必须上班的人羡慕。但我感觉到一个明显的坏处就是，我与我所在的城市，彼此之间被逐渐推离。这种推离的力量相当强大且无可奈何。人在一个城市中间的浸没，是点点滴滴的，是每天早高峰的匆忙、自己的脚行过的每一块街石、擦肩而过的人群、解决中午饭的街边小馆和路灯下显得凄凉的公交车站……必须得如此亲身去触碰，方能浸没在这个城市之中。而我，没有了这样的生活。

我不太清楚我为什么会突然去走了一趟庆云南街和干槐树街。这些年我有事的时候会到这个区域来，每次都有一种茫然和淡漠，它们让我有一种被驱逐了的感觉。专门走了一趟之后，我发现，我真的是被驱逐了。

第二辑 我看成都

何谓本能生活

20世纪90年代末到21世纪初那段时间，每到周日，是我和同事们做四个主题副刊版的时间。从下午开始，部门里相关与不相关的人都会来到报社，一副共兴报事匹夫有责的样子。当然，大家的责任心和荣誉感都是不容置疑的，但，全体人员都在等待着最后的那颗糖也是不容置疑的。待暮色四合，老总的付印指示签出来，那颗糖就已经吊到嘴边，只待一个动作叼住它。同事们纷纷掏出手机，一边因饥肠辘辘和兴奋喜悦而步履飘忽地往外走，一边邀约红星中路二段成都的新闻一条街的其他也在收工的同行朋友们在某处集合。于是，几乎每个周日晚上都要重复的场景再一次重复，只是地点在变化中："冷锅鱼""鲜锅兔""老灶火锅""龙虾一绝""蒋排骨""跷脚牛肉""正兴泥鳅"……

不明白的人是想不明白的，这堆或朝夕相处或两天不见三天碰面的人有着怎样深厚的眷恋？一周一聚，说到哪儿去也是很过分的。话是早说够了，彼此的脸也是熟得不能再熟了。如果只是为了聚，谁有这份持之以恒的闲心？那是因为我们有的是持之以恒的馋。让这馋能持之以恒保证满足下去的具体方式是AA制，买单不会成为任何人的负担。我们这个聚餐会上总有时不时出差回来的人，嚷嚷着再不回来就要饿死了——因为外地没东西可吃。这种夸张在其他城市的人眼里看来，令人愤怒且匪夷所思，但在我们听来，却持一种理所当然且安之若素的态度。被成都美食霸占过的胃，到哪里都有曾经沧海难为水的凄惶。这是真的。

像我们这种以食会友的小群体，在成都多如牛毛。

这个城市由一种弥漫在大街小巷的好吃精神统领着。

好吃，并不一定是吃得好，在麻、辣、烫三种重磅元素的支撑下，稍具现代养生学知识的人都知道，这样吃对胃、肠、口腔和皮肤，都是一种戕害。成都人也都知道，又新鲜又清淡的日本料理是最有营养的；中国菜里，粤菜滋润温和，也是有营养的好东西。坐而论道不输谁，但是，要真正进入口中，味蕾的第一满足是最要紧的，其他身体部位一时也顾不了那么多了。在成都，文人用在吃上的词汇使用率最为频繁的是"大汗淋漓""酣畅淋漓""通体舒泰""大快朵颐"这类大开大合的词汇。可以想象，在味蕾的强刺激之后捉笔，不用这些词汇也难以传神。

成都的美食多在无名小店中，街边的食摊，一般是冷淡杯和串串香，也常常让人惊艳。冷淡杯主要出现在夏天，啤酒加凉菜，消夏用的；串串香也叫麻辣烫，一年四季都火爆，其实也就是火锅的一种形式，用竹签穿上荤素菜，吃完数签子。生意好的冷淡杯和串串香，其场面都是十分壮观的，几十桌上百桌地沿街边铺展开来，让成都市清理违章占道的部门十分头疼。一桌就算四个人，也得是上百人的阵容，在这些人里，是不能区分阶层的，富翁？白领？工薪族？打工仔？没人看得出来。

这种场景在其他城市很难目睹。在成都一个由吃字统领的市井空间里，所谓阶层之间的差别，在吃的场合和时刻里，是很容易被模糊的。从这个意义上讲，平等观念是成都人与生俱来的，虽然是下意识的。因为美食散落于市井之中，觅食是每一个好吃的成都人的爱好，所以，相对于其他很多城市，成都的富人比较不跋扈，成都的文人比较没有幻觉。一个物质上的，一个精神上的，两种制高点上的人群还比较克制，我想，那是因为成都的市井氛围和平民精神对之有所提醒，有所控制。在一个分寸感很强的城市，什么人也造次不到哪里去。

在成都，吃，一方面是日常生活最为重要的内容；另一方面，它已经超越了日常生活的范围，上升至整个城市的精神领域。一个过分关注口腹之欲的城市，对哲学是不感兴趣的；推而广之，也可以说对思考是不感兴趣的。吃是最本能的东西，也可以说是最形而下的东西，怎么可能在一个酷爱形而下的城市提炼出形而上的东西呢？这是一个出不了哲人的城市。哲人大凡都是严苛的、忧患的、具清教徒倾向的。成都不能出产哲人的另一个重大原因在于它还有一个本能——色。

关于成都的色，我自己一向是心存疑惑的。我目力所及，罕见什么大美人（当然，我的标准是那些电影电视杂志上被化妆品和灯光处理过的毫无瑕疵的美人）。但是，成都美女的名声实在是太大了。也许，食与色，天然应该并立，人们一定要把"秀色可餐"这个成语用到实处才行。也许，我是见惯不惊了，对成都美女丧失了发现的能力。但是，当有外地女同行聚坐在一起时，我的确发现，我周围的成都女人端的是面目清秀骨肉停匀，真也算得是美女啊。有比较才会有发现。成都给人一种美女之城的总体印象，我想，原因在于，一是空气湿度大，日照少，紫外线不强，这让成都女人一般来说皮肤细腻白皙。一白遮百丑；二是归结到吃上，因为湿度大，易患关节炎，必须吃辣祛湿（这里说到成都嗜辣的根了），嗜辣的人很难发胖，所以成都女人一般身材苗条。再说，南方女人一般五官比较细致，比较婉约，与人对坐也基本上经得起细看。白、瘦、脸上五官位置尺寸恰当，有了这三个指标，难怪给人一种满城美女的感觉。

食色，性也。孔子这样说。也就是，美食和美人，这是人之本能，也是人性本能的善和美好。在中国所有城市里，以食与色并列出众的，就只有成都了。不期然地，成都成为本能生活的最佳范例。

何谓本能生活，在我的理解里，是对人性基础之外的很多附加内容不过分追求的生活。对权力和财富的追求，是当下社会通行的一种价值观和行为准则，这两样东西在成都显得不是特别急迫和被鼓励。当然，也可以这样说，正因如此，再加上地理位置的局限，成都无法成为权力和财富的代名词，不能成为引人注目的风尚和标准。

　　一个注重本能生活的城市，是比较人性化和个性化的，它的空间和气候比较舒展，比较适宜，不逼仄，不干燥。在这样的城市，竞争不是那么惨烈，变化不是那么剧烈，人心也就不是那么焦灼。这样的城市，有着适当的游戏精神和足够的自嘲能力，内心自信而不狂妄，在赞美他人和自我欣赏这两方面都具有比较合适的分寸感。这让这个城市包容，随和，不排外，不顽固。这可能就是那么多人喜欢成都的原因吧。这些年，很多文人喜欢往成都跑，到了成都就干脆住下的也不在少数；官人和商人到了成都就要匆匆离开，因为这个城市的氛围容易使人的价值观和人生观发生动摇。我有几个同学、校友，在经商和从政，身份不是文人，但骨子里还是文人，到了成都，待上十天半个月，进到日常生活这个层面之后，免不了在成就感的问题上有点恍惚。从这个意义讲，成都是一个文人的城市。

　　我想起算得是成都特产的《花间集》来。一般说来，对于这门开北宋"婉约派"词风之先的词派，一般的评价是，"五代纷争，中原动荡，戎马倥偬，笔砚难安。唯西蜀、南唐，较为僻静，君臣苟且怀安，寄情声色。《花间集》正是这种社会情况下的产物"。而且，"花间派"词人多为不仕之人，具卓越之才和不羁之性，托弦吹之音，为侧艳之词。这股流风至今都存于成都文人的身上。这样的文人，可以说在任何时代里都是一种异类，一种边缘化的生存，但他们所体现出的那种高度个性化的审美境界，又何尝不是每一个时代的文人所倾羡的呢?

现在通行利弊说。成都对本能生活的过分关注和推崇,就所谓社会发展时代进步这种大的主流方向来说,起着一种消解的作用。但从文化的角度看,有一个成都,有一个低调的、闲适的、人文内涵丰盈饱满但同时又是边缘化的成都,这又何尝不是一种贡献呢?虽然现在成都从外观上来看,跟全国其他很多大城市的相似度越来越高,但我觉得,一个城市的气质和性格基本上是不能改变的,它是由岁月和历史繁衍滋生的,它与生俱来有一块文化的胎记。对于成都来说,安静、凉爽、滋润、唯美、不易冲动、微微颓废——这一切,是不易改变的。

在成都时间里泡茶馆

估计很多到过成都的人，都会对成都的茶馆留下深刻的印象。对于成都人来说，泡茶馆这件事，与其说是一种休闲方式，不如说是一种生活方式。茶馆，是成都人的定心丸和安魂剂。泡茶馆，茶翁之意不在茶，在交友、发呆、摆龙门阵。如果有一段时间没能泡茶馆，就说明这日子过得不安逸了。

成都人对茶馆的需求到了一个什么样的程度呢？我们可以从茶馆的数量来看一看。据《成都通览》记载，清末时，成都有街巷516条，茶馆454家，几乎每条街巷都有茶馆。还有一个记载来源于1935年的成都一家报纸，叫作《新新新闻》，这篇报道里说，当时成都共有茶馆599家，茶客每天可以达到12万人次，而当时全成都的人口不到60万人，其中，孩子是不进茶馆的，妇女进茶馆的数量也有限，这样算下来可以说，当时但凡是成年男子，几乎都泡在了茶馆里。关于现在成都茶馆的数量，我看过2008年的一个数据，说是超过了6000家。十多年后的现在，应该更多了。

有一年，一个外地朋友跟着我进茶馆，看那么多女人闲坐在那里,或聊天,或不聊天。不聊天的,有的看报纸杂志,有的端个小镜子看自己。又是夏天,女人多是穿吊带、短裙,白花花的腿和肩。朋友于是被惊了一下,小声问我,这些女人都是干什么的?

我乐了。干什么的?干什么的都有。老板、干部、白领、教师、画家、歌手、开铺子的、卖衣服的、编报纸的……还有像我这样的,写字的。

在其他城市,茶馆这个有点男性化倾向的公共场合,一般来说女人不好频繁露面的。在很多北方城市,老太太除外,很难想象所谓的正经女人会三五成群地经常去泡茶馆。但在成都就是这样,泡茶馆的女人几乎涉及各个层次不同领域,成都被称为美食之都,在餐饮上的风俗是全民共享的,泡茶馆也是一脉相承的。

成都女人泡茶馆的习惯由来已久了。在成都籍美国学者王笛的《街头文化:成都公共空间、下层民众与地方政治,1870—1930》一书中,有关于这个问题的考证。考证说,1906年,成都第一家带有商业性演出的茶园——可园,成为首先允许女客进入的茶馆,之后,几家大茶园比如悦来茶园、鹤鸣茶园等,都开始接受女宾进入。之后,几乎所有的茶园都开始接纳女宾。刚开始,女宾要从另一个门进出,座位也和男宾隔开,但不久这一方式就失效了,很快就出现了男女杂坐共同喝茶观戏的局面。成都竹枝词一贯杂咏新鲜风物,有赞此景的诗曰:"社交男女要公开,才把平权博得来。若问社交何处所,维新茶馆大家挨。"另外,还有诗云:"公园啜茗任勾留,男女双方讲自由。"

如此鲜活佻达的市井气味，卫道者历来是要掩鼻的。成都女人进入茶馆的过程，中间也经历了不少波折。官方时不时会出台一些禁止令，比如可园接纳女宾后不久，曾经被禁过；1913年，官方颁布过《取缔戏园女座规则》（成都的戏园和茶园从来是合二为一的）；而当时所谓的一些精英文人也竭力抨击这一"伤风败俗"的现象，指责"女宾嬉笑撩拨男宾，秩序大乱"，还有一则说法很有趣，说是妇女们对"改良新戏，文明新戏，全不爱听。哪个园子有淫戏，哪个园子多上女座。……《翠屏山》偷和尚，《关王庙》解衣拥抱，《珍珠衫》乘醉诱奸的时候，女座眼也直，男座眼也斜。一边喝彩，一边回顾"。一众"社会精英"为此现象忧虑良久，不得解脱。

成都女人会在20世纪初那个封闭守旧的大环境中流连于茶园这种公共场所，其实与这个城市的女人历来的气质有关。成都女人，大胆、放松、娇俏和刁蛮集于一身。从很早开始，她们就乐于出入市场、寺庙、节日集会等公共场所。这一点，在李劼人先生的小说《死水微澜》里也可一观：邓幺姑和罗歪嘴之间的感情萌动就是过节时在成都街头发生的。那是20世纪初清末的故事。学者伊莎贝尔·贝德在19世纪末进入成都时，惊奇地看到"高大健康的大脚女人，穿着长边外套，头上扎着玫瑰花……她们站在门口同朋友——有男有女——聊天，颇有几分英国妇女的闲适和自由"。后来有学者分析说，贝德所看到的，可能是满族女人，而非汉族女人。但不论怎样，这种无拘无束自由浪漫的天性，通过一代一代的传承，已经植根于成都女人的血脉之中了。

成都的茶馆数量太多，如果要对外地朋友推荐几个的话，我要推荐的有人民公园内的"鹤鸣茶社"，这是成都最有名的露天茶馆，有近一百年的历史了，堪称成都茶馆的活化石。还有就是华兴街的"悦来茶馆"，成都有名的戏窝子，这里有一个锦江剧场，每周都要上演各种川戏，边喝茶边嗑瓜子边看戏，是很多老成都特别惬意的消遣方式。另外，宽窄巷子附近的支矶石街的成都画院茶馆，也是非常有味道的成都茶馆。我早年有一段时间喜欢到九眼桥、合江亭等锦江边的一些茶馆喝茶。成都的锦江其实是一条河，没有江水的滔滔之势，河面相当舒缓，就像成都的气质。我记忆中这些江边的茶馆，似乎总有柳枝垂向茶座，还能闻到黄桷兰的花香。后来我搬家到了城南的天府新区，我和我的朋友们特别爱去天府新区水街上一个叫"陈锦茶铺"的茶馆喝茶。在这里，面前有戏台，头上有银杏树，喊一碗花毛峰，往竹圈椅里一窝，和朋友天南海北各种闲聊，实在是生活在成都不可或缺的一种享受。"陈锦茶铺"是以成都的一位老摄影家陈锦先生的名字命名的，陈锦先生几十年来专门拍成都老茶馆，积存了大量茶馆影像资料，这些资料日后势必成为这个城市历史上的一笔财富。

关于成都茶馆，可以从很多个角度很多个方面来摆龙门阵。我特别想说的是，我在多年泡茶馆的过程中，总结出来了一个"成都时间"的概念。

有一次，我在冬天的太阳天里，去玉林小区赴一个茶局。说好

3点，我早到了一些时候，而朋友们晚到了很多时候。于是，中间大概有四五十分钟的时间是我一个人在喝茶。这段等候的时间没有让我心生任何异样的情绪。那四五十分钟里，在我不是什么等待时间，而是一段美妙的独处时间。在周围无数陌生的茶客中间独处。天上是稀薄暖和的太阳，手边是我喜欢的花毛峰，从小贩那里买了一个很大的福建蜜柚剥着吃，从茶坊书架上拿过几本杂志翻着看。每一次抬头，都看到对面桌的那个男人在圈椅里比上一次更下沉，渐渐地，都快躺平了。

然后我突然明白，这就是成都时间。

在成都，就喝茶这件事来说，如果约的是3点，那么就意味着，参加茶局的人可以在2点至4点之间的任意时间点到达，非常自然，自己没有心理负担，他人也不会有任何意见。在时间观念普遍散漫的成都，在其他事情上我基本上是一个守时的人，同时对他人也有一定的要求。但如果约的是茶局，对自己对他人，就都特别放松了。

很多人探求成都生活的秘密所在，其实，成都时间是这种秘密的核心。全国通用北京时间，那是一种完全官方化的时间，是新闻联播，每个地方台都得转播。成都时间是成都的自办节目。成都时间隐藏在北京时间的后面，3点，是北京时间的3点，但后面的成都时间，这个确切的点是模糊的，是延伸的，是弹性的。遥远的乡村生活中，人们约时间是"晌午在谷场见"或者"月亮升起来后在河边见"，时间被模糊了，空间就被拉了出来，整个事件的体量和容积就增大扩展，局限也就少了；而局限少了，人心也就松弛了很多，同时也细腻了很多。成都时间相对于现在的人来说，就有这样的功效。尤其是成都的喝茶时间。当然，从正负评判上讲，最好也就只限于喝茶时间吧。

　　我想，我一直离不开成都，跟成都时间有很大的关系。这是一种特别的时空感觉，跟空气一样，待在里面不觉得，离开了就受不了。

好吃还是苍蝇馆子

僻街背巷的家常小馆，在成都话里叫作"苍蝇馆子"。有一年夏天，女友任副主编的一家城市休闲杂志做成都苍蝇馆子的专题。她选了她认为最美味的一家，喊上几个女友去免费吃。说是免费，其实也要干活，我们得出镜，让他们杂志拍一张大吃大喝不亦乐乎的照片。这家馆子是卖小龙虾的，那天恰好酷热，为了拍照效果，我们必须待在露天院子里。大太阳下晒得满脸是汗，也没法擦，双手全是油汁。后来看拍出来的照片，真不好看，额发全被汗水打湿了，也没法掠开，就粘在额头上了。不过，这样的照片也很有效果：成都人就是这样，只要是好吃的，就奋不顾身地一头扎进去。

但凡成都人或者在成都住上一阵子的人都知道，美食尽在苍蝇馆子。那家杂志让我给苍蝇馆子这个主题写几句话，我写的是："美味、实惠、放松、舒坦，成都人是如此宠爱苍蝇馆子，究其根底，因为苍蝇馆子是成都美食文化与平民文化的最佳结合点，十分融洽，十分滋润，因而十分享受。"

苍蝇馆子须打堆经营，互相借人气，然后造出气候传出名声。

成都这样的小街小巷很多，苍蝇馆子林立，一家一家地挨着吃，可以吃上一个月不重样。我记得我青少年时期成都的餐饮一条街更多，一家家店招从茂密的梧桐树中伸展出来，漫应着每一个店家殷勤的招呼："小妹，吃饭哇？"最终笃定地选上一家。刚一落座，红白茶就端上来了。

比如，青石桥烟袋巷那一带的粉。酸辣粉和火锅粉，之美味之独特，是其他地方吃不到的。

比如，牛王庙的面。我看到有人说，牛王庙的面家们现在四散在成都各处，都打出"正宗牛王庙"的字号。此话不假，我住在离城东牛王庙相距遥远的城南华阳，我家附近那家很受欢迎的面店的招牌上也举的是"牛王庙"的旗帜。

再比如，半边桥的老妈蹄花。大学时有一个阶段，我经常去西边的浣花溪一带玩，经常路过半边桥，总是会把晚饭或者夜宵留在这里来吃，一碗蹄花，二两宽面。叫"老妈蹄花"的店家很多，任选一家都十分美味。

还比如，桓侯巷的麻辣烫，三倒拐的烧菜和蒸蛋，小关庙的羊肉……

成都有一趟公交线路，叫作154路，人称成都苍蝇馆子公交线，一路带你逛吃。154路一共有18站，华兴街是起点站，然后一路朝北开，终点站是火车北站附近的荷花池。

先从华兴街的"盘飧市"说起。在成都，不能按照正确的发音读成"盘sun市"，要按成都人的习惯误读，读成"盘can市"。

盘飧市地处成都市中心商业场背后的华兴街，始建于1925年，差不多算是百年老店了。店名取自杜甫《客至》诗中"盘飧市远无兼味，樽酒家贫只旧醅"。飧，晚饭，泛指熟食。这家店主营腌卤，到现在为止，每天的腌卤外卖窗口都排着长队。除了腌卤，盘飧市还是一家目前成都少有的传统川菜馆，相比于近年来风行的新派川菜，要品尝传统川菜的滋味，盘飧市是不多的选择之一。一般到这里来的多为怀旧的老成都，或自我满足一番，或宴请外地友人。老店自有老店的风范，但同时也有老店的傲慢，环境比较嘈杂，服务也是国营企业的特色，但味道的确值得称道，老旧醇厚。

就在华兴街这一站，人就半天上不了车，先是"雨田饭店"，人均25元左右的价位，招牌菜是红烧肉、荷叶烧排骨、水煮肉片、臊子蒸蛋和番茄排骨汤，这家小饭店的泡菜也是一绝。再就是"自力面店"，人均10元，杂酱面、排骨面、牛肉面，老三样滋味醇厚，浇头香嫩。成都小面馆遍布背街小巷，一般来说都相当好吃，要从中脱颖而出，不亚于金榜题名。成都小面馆中的明星，牛王庙的怪味面是一家，肖家河的家常面是一家，华兴街的这家自力面馆也算知名面家了。再就是非常著名的"华兴煎蛋面"了。在成都夜猫子人群中，华兴煎蛋面就是月黑风高蛇鬼出没之夜的最终归宿，它在全城几个方位都有连锁店，24小时营业，招牌就是煎蛋面，奶汤、细面，蛋味香浓，再啃上几根卤鸭脚板卤鸡翅膀，众人皆睡我还在外面混，本来多少有点凄惶的心情，这一顿吃下去就安了魂，然后捧腹拖步回家蒙头大睡。有一年，几个北京来的朋友坐夜航班到了成都，投宿城南玉林小区的酒店，打电话问我到哪里果腹，我说，那就华兴煎蛋面吧。事后他们反馈，吃得太舒服了，对成都一下子就觉得特别亲切。我一直认为，华兴煎蛋面就是成都的"深夜食堂"，要是问问各家店的掌柜，估计肚子里也装满了悲欢离合的深夜故事。

除了上述几家名店，华兴街的美味吃食那叫一个数不胜数。如果终于从华兴街出发，上了154路，后面精彩的美食站点还多了去了：双栅子街站的"冒牌火锅菜"、桂王桥南站的"三姐鸡片""三倒拐烧菜馆"、福德街站的"张孃烤肉""三哥田螺"、曹家巷站的"王记特色锅盔"、张家巷站的"实惠啤酒鸭"、红花南路站的"鲜老头猪肝面"……一趟154路，如果一路吃下去，每一家都不落下的话，这一趟公交就坐得那叫一个反复和漫长哦，怎么都得一个星期才行吧。关键在于，这一路的吃全是苍蝇馆子，物美价廉。成都人都知道，很多藏龙卧虎的美食就在苍蝇馆子里。

说成都的吃，就得说成都的局。在成都，没事的时候把老友们问个一圈，问大家是不是没事？一般来说，十个人里面总有六七个没事的。没事就好，没事就聚呗，找个地方，下午喝茶，然后接着晚饭，中途不转台。原来我们聚会一般是要转一次台的，喝茶是个地方，吃饭是另外一个地方，但这两年，成都交通早晚高峰期也开始堵得让人发毛，于是，找个不需要中途转台的地方，喝茶吃饭一并打包了，这是每次聚会的关键所在。

成都跟其他城市不太一样，朋友之间，有事各忙各的事，没事才凑在一块儿；而所谓聚会，基本上就没有纯粹的饭局，都是茶局和饭局连同夜局拉通了的。也就是说，一般都在下午两三点钟出门，一直到晚上十点或十一点回家。我们这拨老朋友都已人到中年，现在一般茶局饭局之后就不转夜局了，早些年，从饭桌起来，还要奔一个熟悉的酒吧玩到深夜里去。那个时候真是能玩。

局的重点，除了人之外，关键就是吃了。跟请人吃饭得找一个比较熟悉的、菜品质量有把握的馆子不一样，这种局的精彩之处就在于发现一个新鲜的、性价比高的新去处，至于说菜品的味道，不是成都人自夸，美食之都嘛，但凡是个馆子，味道一般都差不了，且越是小馆子，味道越是精到有味。

就拿有一次我们的一个女友局来说。先是说好哪一天，大概有哪些人，然后，找新地方的任务落在其中一个女友身上。她去考察了市中心宽窄巷子附近的一条小街，在一溜儿有个性有调调儿的小店中挑了一个，然后一一通知大家。聚会那天，下午三点左右，女友们陆续来到那条小街上，透过梧桐树浓荫掩盖的店招一家家找。我们聚会的这家店的店名里有个"桐"字，应了街景。很小的店，是沿街居民楼的底层，朝着街面开个门脸，总共不过一百多平方米，里面隔成不大的两三间。女人之间的八卦茶局之后，6点半左右，晚饭开始。因为是第一次到这家店来吃，不熟悉菜品，我们就让店家安排，我们一共是9个人，要求吃得清淡一点，肉少一点，蔬菜多一点，至于说菜品搭配和数量，由店家看着办。

菜来了。先上凉菜。四个凉菜，椒麻鸡块、焦皮茄子、红油黄瓜、香油金针菇。大家齐下筷子，四个凉菜走一遍，一下子就放心了。味道很不错的。三点钟左右我们坐下之后，店家问了晚饭的安排，这才上街采买，所以原料都很新鲜，不尽是冰箱里拿出来的东西。紧接着上热菜，有藿香鲫鱼、嫩笋烧牛肉、干煸小龙虾、宫保鸡丁，然后又是好些时令菜蔬，苦瓜、福尔瓜、小南瓜、苋菜、空心菜等，或清炒，或干煸，或蒜蓉，或鱼香。汤是老火靓汤，加入了各类菌菇的棒子骨汤。这场局下来，茶不错，喝的是铁观音；菜不错，有滋有味，又蛮清淡顺口；聊天更是聊得开心。晚上九点散局，按惯例AA制，连茶带晚饭，一人不到100元。

　　这是吃家常川菜的吃法。如果是冬天，朋友们聚会一般都会选火锅。成都的火锅除了传统的麻辣火锅之外，还有很多特色火锅，比如三只耳、谭鱼头之类的鱼火锅，烧鸡公之类的鸡火锅，芭夯兔、逍遥兔之类的兔火锅，以及牛肉牛杂火锅，等等。另外还有串串香这类"简易"火锅。这些都是红味火锅。一般外地人对成都火锅的印象一律是麻辣烫，其实不然，就火锅来说，白味的，或者以青花椒作为主打味道的火锅其实很不少的，比如菌菇火锅、羊肉火锅、玉兔火锅，就是白味的，跟北京的涮羊肉差不多，菜烫好后蘸着个人调制的佐料吃，但成都白味火锅的汤底比涮羊肉讲究多了。另外，还有更加讲究汤底的介于白味和红味之间的一些火锅，比如酸萝卜老鸭汤、老坛酸笋鸡之类的火锅。

　　我一直觉得成都人的一个聪明之处是不会把一个合口味的餐馆吃到厌倦的地步，他们对待喜爱的对象能保持一定的距离，接触之后就闪开，过段时间再去接触，于是总是能保持新鲜的好感。成都的好餐馆多如牛毛，跟这种普遍心态有很大的关系，它们迎合了人们广泛挑选的要求以及对厌倦的刻意规避。

我跟我的朋友们这么多年来在成都的大街小巷里就这样窜来窜去东吃西吃，最后留在我记忆里的，真不是菜，真就是人，所以说，吃什么不重要，跟什么人在一块儿吃才重要。跟喜欢的人在一起，每一顿饭都是美食记忆。

在成都，几乎每个周末都有若干个展览开幕，艺术家、艺术家的朋友们以及艺术爱好者们在周末跑场子是一种常态。

成都的艺术展的开幕流程里，很多都带晚餐，按成都话说，"管饭"。跑场子的人辗转之后会落脚在一家确定能够管饭的展览上。

这么多年来，我吃过很多场展览伙食，印象最深刻的是蓝顶艺术村的"九大碗"。

那是2013年5月25日的下午，我们一拨"社会上的人"跑到蓝顶艺术村，参加首届蓝顶艺术节。待看了展览并转了一圈对外开放的艺术家工作室又在蓝顶隔壁的"樱园"喝饱了茶之后，就到伙食时间了。

所谓"社会上的人"已经成了典故。前些年我们一拨人去参加一个教育杂志的讨论会，主持人是该杂志主编、诗人文迪，他先介绍了这个教育家那个校长之后，转头看到我们这拨写字的和画画的，基本上都是自由职业者，干脆就把手一划拉，说，"今天还来了好些社会上的朋友。感谢大家!"

社会上的人关心艺术,但也很关心伙食。我们早早就来到了蓝顶二期的伙食场地——好壮观!几十个大圆桌沿路摆开,一桌十人,虚席以待。工作人员先给每个人贴一个"九大碗"的不干胶贴,我们就戴着这个标签骄傲地进场了。这时周围人还不多,有人担心,这么多桌,有没有那么多人哦?艺术家李继祥说,啥子叫作"涌现",等会儿就会晓得了。

果然,没过一会儿,就涌现了。人一下就坐满了。开饭,上菜,一盘一盘地摆上红桌布,配上蓝椅子和人们五颜六色的衣服,从路两边的画家工作室的楼顶俯瞰下去,就像一朵一朵绣球花在盛开着。

"九大碗"是四川乡村婚丧嫁娶的宴席风俗,露天用餐,也叫坝坝宴。鸡鸭鱼肉、新鲜菜蔬,"九"不是确指,而是言其多的意思。我以前听过一个乡民事后总结说:简直整遭了,咋个会想起喊他们整那么多凉菜嘛,那些凑了份子钱的太婆,一上桌就牵起塑料口袋把卤鸭脚板卤鸡翅膀一盘一盘地倒进去,说是给上学没来吃成的孙娃子带回去……李继祥是成都文化圈的笑星,早年当过知青,熟知四川乡村风俗,他说,以前吃九大碗是要抢的,有人干脆端起盘子,一边自言自语道,咦,这个盘子还好看呢,景德镇的哇?一边把盘子翻过来看背面的商标,于是一盘肉就完完整整扣在自己碗里了。

后来我专门问了蓝顶艺术节的策划人之一、女诗人廖慧,她说一共是六十桌，以每桌十人计，六百人的用餐规模，就是三圣乡的乡民们操办的。哦，这样的，怪不得菜品传统，滋味朴实，吃起来安逸惨了。

这顿饭实在是丰盛可口。建筑师刘家琨走到我们这桌说，第一轮菜上来就黑起吃，吃撑了，没想到还有第二轮和第三轮，亏大了。诗人、策划人欧阳江河买了蓝顶二期的别墅后，暂时也不知道拿来做什么用，准备就扔在那儿不管了，但几口"九大碗"下去，就激动地说，就凭这些菜，我要回来住。欧阳江河是成都人，离家太久，虽然经常回成都办事、开会，但吃的都是酒店饭馆里面的精致菜品，四川乡村家常菜的滋味已经离他太远了，这几口，就把乡愁给吃出来了。

成都从80年代开始就是中国当代艺术重镇。蓝顶艺术村位于成都三圣乡荷塘月色。蓝顶这个概念源自十年前何多苓、周春芽、杨冕、罗发辉、郭伟等艺术家在机场路附近租用的蓝色屋顶的废弃厂房。后来他们移到了三圣乡，自盖工作室，这就是蓝顶一期。后来，蓝顶二期、三期以及青年艺术村都已落成，这个区域已经聚集了几百位艺术家。在这里，知名艺术家和刚刚起步的艺术学子齐聚一堂，从而形成了一个既有高度又充满活力的艺术生态区。

以蓝顶这样的艺术家阵容，搞一个艺术节当是何等时尚，红酒、雪茄、华服、豪车、西餐、派对……蓝顶艺术节居然摆了坝坝宴，端了"九大碗"！这成了这届艺术节的一个大亮点。大家都赞不绝口，最时髦的当代艺术和最乡土的用餐方式结合得妙趣横生天衣无缝。成都从来就有一份笃定、平实、戏谑、风雅的味道，说点骄傲的话，我觉得这种混搭也只有成都才有，或者说，也只有成都才有这种底气和自信。

余震中的民间成都

2022年5月12日，晨起，翻一下朋友圈，看见老朋友、著名编剧钱滨老师说，"天还没亮，梦见地震就醒了。嗯，今天又是5·12，十四年前全国都在支援四川，全世界都在支持中国。"

怔怔难言。回想十四年前遭遇巨灾时，那种被全国全世界一致支持、拥围、安慰、鼓励的感觉，对比今日种种，恍如梦境。

2008年5月12日14：28分，那种剧烈的摇晃所带来的惊骇，让所有的成都人至今都心有余悸。这个三千多年来从未遭遇过重大自然灾害的古老城市，从来没有像这次一样，这么强烈地感受到生死的界限。

5月19日晚，成都地区的电视台和电台发布地震公告，告知大家19日到20日，在震中汶川地区还可能发生6~7级地震，届时，成都会有很明显的震感。这是5·12地震以来，在几千次大大小小的余震中，成都市政府首次正式发布的地震预报。

从12日到19日，成都人已然"习惯"生活在持续不断的余震震感中了。其间，经历了好几次震中在5级以上的余震。人们开始有点麻木了，很多人晚上都回家睡觉了。但19日晚政府首次通过公共媒体发布的预告，再次让人们浑身一激灵，所造成的效果当然是全城居民都离开了家，涌上了街头。

19日是全国哀悼日的第一天。14：28分至31分，全国人民默哀三分钟，汽车、火车、轮船、警笛鸣响致哀。我看了电视直播，那种全民静穆默哀的画面，对多日来内心积蓄的哀伤和慌乱有一种镇定和抚慰的作用。

之后，我接到一个上海朋友的电话，说刚刚有一大队人马高呼着口号走过他们办公楼下的大街。我另外一个同在成都的朋友对我说，就不能安静点吗？这个时候大家安静点，一方面告慰亡灵，一方面认真做事。我另外一个朋友很生气地说，别怪我乌鸦嘴，这就以为地震结束了？看吧，还得狼奔豕突。

真是乌鸦嘴。19日晚上，在电台不间断的公告中，整个成都市再一次陷入巨大的恐慌之中。诚如我的朋友、作家钟鸣一篇文章的标题所言，"为你的生命狼狈而逃"。

是的，我们身处在灾区中的人非常狼狈。我们不是超人，我们就是普通人，我们面临着生命危险的时候第一念头就是出自本能的自保，就是挈妇将雏亡命而逃。这中间，我们还面临着一种特别的心理危机，那就是内疚感。其实，这个时刻，许多有良心的中国人都有这种内疚感，在捐款捐物之后，总觉得自己做得不够，觉得自己无力和无用，有一种道德层面和能力层面上的自惭形秽。这种内疚感体现在成都人身上又有另外的一种意味，那是一种旁观者和幸存者以及还处于余震威胁之中的当事者的混合内疚,那种滋味真是复杂难言、百口莫辩。

这些天来,余震一次次袭击成都人的神经并催生内心强烈的移情同情共鸣。5月18日,我在博客中写道:"昨夜,1:08,强烈余震(今早回家看新闻,知道是江油的6.1级余震)。我们一家和鸣鸣奶奶以及鸣鸣,睡在一楼房子的地铺上。那种从5月12日开始的熟悉的摇晃开始了,持续时间长,摇晃强度大。楼梯上一片杂乱的脚步,有不少人从楼上冲下来。我们观望着,没有出门。渐渐地,四周静了下来,脚步声、说话声都消失了。但雨声开始由弱渐强,越来越大。大雨来了。接着,雷来了,闪电来了,大风来了。我躺在地铺上,泪流满面。这么多天来,看电视时、听广播时,我流过好多次泪。但就这样躺着流泪,还是第一次。刚才跑出去那么多人。成都的街道上一定又是无数惊恐万状的市民;但紧接着的是雷鸣闪电、大雨如注。我巨痛中的乡亲们啊,往哪里躲啊?!"

这之后,19日夜,全城人再一次倾巢而出露宿街头。

我自己经历了一次特别的惊吓。我住在城南,我父母住在城北。得知消息后,我通知我父母,但他们两个人的手机已经关机,而座机是坏的。我通知和父母住在一个小区的姐姐。她在外面忙,要我别担心,她马上处理这事。姐姐是医生,姐夫供职于铁路局,这两个人这个时候能有休息时间就不错了,能否马上赶回家不能指望。我的直觉告诉我,我父母完全不知情,而且,此刻他们已经睡下了。让我忧心的还有一点,两个老人跟我儿子在一起。

我和先生驱车从城南急速赶往城北。电话又打不通了。像5·12之后那两天一样，此时此刻，通信线路一定又堵塞了。

到了父母家，小区里全是抱着被子枕头往外走的居民。二楼的父母家一片漆黑。我使劲敲门，过了好一会儿才听到父母的应答。母亲用钥匙从里面开门，因为紧张，一时半会儿竟然打不开锁。我和先生非常惊讶，这老两口关了手机关了电视关了收音机不说，居然还反锁了门，带着一个十岁的小男孩脱了衣服上床睡觉了。

我突然明白了，这是一种在经历了七天的惊恐刺激后的特异反应。在下午14：28分的全国哀悼日的默哀和鸣笛之后，他们下意识地且一厢情愿地认定，这样的仪式标志着地震结束了。和无数成都人一样，他们太想回到日常生活中去了。在过去的一周时间里，这个城市被那几分钟剧烈的摇晃击得尖声惊叫，随后，这种惊恐的情绪一点点释放，但这种释放是在持续的余震震感中进行的，于是这种释放变得相当怪异，它在一部分人身上产生趋于两极的情态，要么亢奋、逞强，要么淡漠、麻木。

但成都没有垮下去。看地质专家的解释说，因为成都平原整个板块质地比较松软，有很厚的砂土卵石层，泄了很多地震能量。专家打了一个比喻，说好比一个篮球，拍在水泥地上，弹得就高，拍在泥土上，弹得就低。我在加拿大的一个朋友、力学博士许建新来电话告诉我，成都的幸运还在于成都板块恰好与地震带所处的龙门山脉呈垂直方向，也就没有顺着地震带撕裂……这一切，使得市中心天府广场与震中汶川县映秀镇直线距离仅有92公里的成都市区居然完全保住了，这不幸中的万幸，让人觉得不可思议。而处于板块边缘的离成都市区仅三十多公里的彭州以及五十多公里的都江堰都损失惨重。

我逐渐发现，成都人在精神状态上的表现跟成都平原的地质板块构成竟然有着相当的一致性。那种以柔克刚的抗击打能力，犹如砂土卵石层应对地震，犹如太极拳应对刚劲强蛮的打法，有一种四两拨千斤的效果。

那些天，我提醒着自己不传谣，转发出去的每一条信息我都要事先核实一下。5月20日下午接近三点的时候，我得知都江堰公安局通知大家在三点前离开建筑物的消息，证实消息属实后我转发各位亲朋好友。可能又是通信网络的堵塞，很多人都在三点之后才收到短信。好在这中间没有发生大余震。我的中学同窗王老板给我短信："咦，都三点半了，怎么回事？"我哭笑不得，回他："你管它几点呢，又不是开会。"朋友牛黄回复我："谢谢！老子毛了，不跑了。"我大学同宿舍的好友官人回复我："不跑了，安心睡。记得在枕头边放瓶水，免得喝自己的尿。"我的一个发小睡得太香了，没接到我的电话和短信，都到下午5点过了她才打电话给我，问她是否错过了大余震。我说，没有错过，你老人家在睡觉，地是不会震的。

20日下午，正是很多人在全力补觉的时候。头一天，19日晚上，成都市政府第一次通过公共媒体发布余震预报，成都市民全部露宿街头，很多人都是通宵未眠。那个晚上，我和家人一起在城西北的一个空地上，许多私家车聚在这里。在开头一段寂静严肃的等待之后，随着夜色越来越深，人们开始躁动起来，大家说，怎么还不震呢？早点震了好回家睡觉去。这真好比那段著名的楼上扔鞋的相声，楼下老太太一直等着另一只鞋扔了后才能安心。

有很多手机段子概述总结这些天来成都人的生活状态，其中一个段子是："震不死人晃死人，晃不死人吓死人，吓不死人困死人，困不死人累死人，累不死人跑死人，到最后，余震不来急死人。"

天府成都，这个历来温存饱足、诙谐洒脱的城市，原本从来没有产生过黑色幽默，也没有产生黑色幽默的土壤。这个时候，跑地震跑得筋疲力尽的成都人终于开始了黑色幽默。这种黑色幽默中还是一直贯穿着这个城市那种低调、消解的气质。很快，许多成都人重新变得泰然。这种泰然里有几分镇定，也有几分认命，更多的是在灾难期间努力重拾日常生活的秩序和乐趣的那几分努力。其中一个最明显的标志是在地震棚的旁边，人们摆上了麻将桌。这个时候打麻将，人们是这样说的："关于禁止'成都麻将'部分规则规定——从今发后打麻将者一律不准打512！更不能打刮风下雨！也不能打血战到底！更不准说推到胡！也不准销人家的根！特此规定！"（注：512、刮风下雨、血战到底、推到胡、销根，都是成都麻将的一些常用术语。）

对这一景象，网上有人指责成都市民"把灾难娱乐化"。我认为，这是成都人把灾难日常化，非常了不起。这种心态，是真正意义上的达观、坚强，在抚慰内心、镇定情绪的同时，在精神层面上保证了抗震救灾这一相当长久的工作的可持续性发展。面对抗震救灾，亢奋的状态是必要的，但毕竟是短期的，人们只有尽快恢复到日常状态，才能更好地以冷静、理性的态度和方式行之有效地开展工作。

那些天里，成都的朋友们该上班的上班，该做事的做事，在余暇时间里也开始聚会、聊天、吃饭、喝酒，调侃地震时各自的惊慌和狼狈，相互宽慰，相互疏导。我自己在个人体验中也发现，尽量保持日常生活的一些生活方式，会有利于情绪的平复和冷静。震后头几天，在清理了5·12损毁的东西之后，我擦地、抹灰，把家收拾得跟平时一样干净整洁；我洗衣服、收衣服，叠好后整齐地放入衣柜；我还换了床单，仔细抹平床单上每一道皱褶，虽然我们其实并不太可能在干净舒服的床上安睡。家里唯一跟平时不同的是，一个装好方便食品、饮用水、御寒衣服、雨伞、电筒和其他必需品的大包，搁在客厅的沙发上。我们拎着这个大包跑地震。在安置我和家人以及另外的朋友的"地震棚"——我家位于一楼的一套清水房里，我每天把几个地铺的被子叠好，把物品理顺，并随时清理垃圾，我要让这个避难所也尽量整洁有序。日常生活秩序和方式对人心的镇定和慰藉是那么强大、有效，这一次，我从我自己以及周围朋友的身上深刻地体会到了。

19日那个未眠之夜，望着远处深灰色的天空，突然觉得这个城市是那么陌生。平时，这个城市的夜空是夹杂着各种彩色的蓝紫色，现在，除了路灯，成都各个楼层的灯光几乎没有了，反射回夜空的全是黑色。这中间，蕴藏着一个城市上千万人口内心的恐慌能量，这种能量似乎正和地下正在酝酿的自然能量应和着，其共谋的结果是19日那夜绝然的寂静。

我们全家避难所在的空地对面有一栋未完工的高层建筑。大概有十几楼，有一个小红点在闪烁。我和先生、姐姐、姐夫坐在防潮垫上，一起探讨那是什么。灯？不像。反光？不像。后来我们一致倾向于认定那是一只点燃的雪茄。当然，我们知道不可能，但我愿意这样想象：那是一个男人，沉静地抽着一支雪茄，凝望着遍布着无数汽车、帐篷、塑料布支起的简易防震棚的成都街道。这样的想象让我欣慰。

在我意料之中同时也倍感欣慰的还有成都人在这次灾难中的另一面。12日晚，那些在第一时间听到电台紧急召集赶往都江堰去拉伤员的成千上万的出租车，还有在市内几个献血点前冒雨排队的长长的人群，还有其后无数或前往灾区或留在成都市区的志愿者……这中间，成都人那种刻意规避崇高的特点一以贯之。当电视台记者把镜头和话筒指向那些出租车司机时，他们不好意思地摆手，不愿多说什么，最多也就说，"救人嘛。该做的。"在献血点前和志愿者中，记者也多半只能采集到这类最朴实的家常用语，很难捕捉到那些"闪光"的话语。而那些打麻将的市民，他们中很多人也都是志愿者，一听到电台里的某个招呼，扔下麻将就去现场，帮着做事。前些天，我和几个朋友把一些我们集资买的日常用品送到红十会后，我在开车回家的路上，听电台招募三十个男性市民帮忙搬医用物资，几分钟后，主持人就说，大家别去了，三十个名额已经满了，请大家注意后面的信息。我知道，这几分钟就赶去的志愿者，很可能就是附近坐在街边一边打麻将一边听广播的成都市民，他们在这一非常时期让自己尽可能地与常态生活对接，这一切，显示了巨大的冷静、勇气和力量，这一切，也是敬畏之心的一种日常化的呈现。作为一个成都人，我深感自豪。

宽巷子窄巷子，还有一条井巷子

如果是比较了解成都历史的成都人，提起宽窄巷子，自然会想起与之相关的两个词汇，一个是龟城，一个少城。

龟城和少城这两个词汇叠并在成都的建城史上，距今已有2300多年了。成都自建城以来就叫成都，两千多年来没有更改过城市的名字，这一点在中国城市史中是唯一的。

据《华阳国志·蜀志》介绍，公元前341年，秦国灭古蜀国两年后，移秦民至蜀地，公元前311年，秦国大夫张仪正式开筑成都城。传说张仪本来依照秦地城池的修筑方式，取方正厚重的风格特点，但是，成都平原是冲积平原，土地潮湿，不像中原土地那般坚实，城墙屡建屡垮，总是立不起来。这个时候，有一只灵龟前来帮忙，它绕着城池走了一圈。张仪聪明，知道这是神启，于是命人沿着灵龟走过的路线修筑城墙，于是城墙也就牢牢地立了起来了。但整个城市的形状有点稀奇古怪非方非圆，就像个龟壳，"龟城"之谓由此而来。城墙如此，街道也只好依势而建，所以，直到现在，成都的街道都不像北方街道那样方向明确，东南西北一指了然，在成都指路，只能说，"朝左拐""朝右拐""抵拢后右拐第一个路口再左拐"……让很多外地人头痛不已。

据载，张仪共筑城两次，形成东西两城，东边较大，称为大城，西边较小，称为小城，古代"小"通"少"字，又被称为"少城"。在我小时候，成都只有两个主城区，一东城区，一西城区，后来城市扩建，主城区才重新划分并命名为金牛、青羊、武侯、锦江、成华五个区。而在我小时候，少城并不是统指西城，而是西城范围内的一个不大的区域，这个区域包括人民公园等几个标志性的地点，另外，就包括了宽窄巷子。

小时候，我住成都的城北地区，如果要去人民公园，有些老人就会说，哦，去少城公园啊。那是人民公园以前的名字。那个时候，好像从来没有人说我们去宽窄巷子玩吧。那个时候的宽窄巷子，就跟成都所有的街巷一样，就一居家的普通场所，在好多人眼里，这些地方是那些住不进单位楼房的"门板户"（社会居民阶层）才住的地方。而在我小时候的印象中，宽窄巷子是一个还带有点神秘感的地方，听说在那里住的人很多是满人呢。

在成都这个西南内陆城市，满人并不多，因此在小孩心里颇具神秘感，总是联想到脑袋后面的大辫子。

康熙五十七年（1718），准噶尔部窜扰西藏，清廷派兵三千平乱，之后，选留了一千多名官兵永久驻扎成都，就在以长顺街为中心的地带修筑了满城，宽窄巷子就是当时的42条满城胡同中的两条。

宽窄巷子是两条平行的小街，相距也就几十米的距离。满城修筑完毕之后，宽巷子住的是满族文武官员，窄巷子则住满族士兵。这个区域等级森严，汉人禁止入内。民国以后，宽、窄巷子的人员结构也就延续下来，可以说，宽、窄巷子的人有点互为依存的意思，窄为宽服务，宽为窄开薪，宽是主子，窄是仆人，倒也在小小方圆内自成一体。

成都老话说，"宽巷子不宽，窄巷子不窄"，就解释了宽巷子和窄巷子从街道的结构和规模来说，没什么差异。但其实，宽巷子宽，窄巷子窄，因为前者是达官贵人居住的"高尚社区"，人少清净，自然就宽了；而窄巷子，是平民聚居区域，街面上拥塞着饭馆、茶馆、理发铺、干杂店等各种小店，人来人往，嘈杂喧嚣，自然也就窄了。宽窄巷子这个叫法，是民国时期才开始的，之前，宽巷子叫兴仁胡同，窄巷子叫太平胡同，到了民国五四反封建运动之后，可能有肃清清王朝流毒之意，分别改名为宽巷子、窄巷子。

宽窄巷子在当代的意义，可以说有一个时间节点，在2008年改造完毕之前，宽窄巷子的重要性主要集中在其作为城市建筑的标本意义上。据说，宽窄巷子是北方的胡同文化和建筑风格在南方的"孤本"。当然，它的建筑风格并不是一味照搬北方的四合院，而是融合了一些川西民居的特点。其实，成都那些著名的深宅大院并不在这里，比如老成都经常说的"南唐"（唐振常先生的祖屋）"北李"（这更有名了，巴金先生的老家，小说《家》中"高老太爷"逞威的原型地），其实都不在少城里面。之所以说宽、窄巷子在建筑上有标本意义,在于它们更具普遍性和代表性,考究点的殷实之家和寒素点的普通人家,在这里比比皆是,可以就此比较集中地考察研究川西民居的风格和特色。人们可以徜徉在青石板铺就的路上,看到川西独有的门楼,看到铜皮包裹、铆钉镶嵌、如意造型的大门,看到白墙黑顶,看到屋檐边上朱红色的涂饰,看到街道墙上的拴马桩,看到那些精巧的砖雕,还可以看到门扉半掩的住家人户园子里透出的点点青绿,让人期待会不会有一个圆圆脸大眼睛肤如凝脂的典型的成都美女从里面走出来……

在2008年宽窄巷子成为成都重点旅游风景点之前,我和我的朋友们经常去那里喝茶。那个时候的宽窄巷子有着很典型的成都老城区的慵懒气息,很符合人们的怀旧情结,符合对某种调调儿的要求。那个时候,去宽窄巷子喝茶是可以有幻觉的,那里很清静,很清凉,很清爽,坐在那里的小茶馆里喝茶,好像特别无聊,特别成都,特别有质感,特别有文化。那个时候坐在宽窄巷子,身后是斑驳的老墙,脚下可以踩到墙边延伸过来的青苔,头上或者是厚实的云层或者是潮湿的阳光,眼前是很多巨大的枣树,上面垂着一串串粮食一样的果实。那个时候,我们经常去一家叫作"景阳冈"的茶馆。一个茶馆居然叫这个名字!老板人称老宋,天气好时,一看有客人来了,二话不说就在巷子墙边的桌上摆上茶碗,同时问,花茶、素茶、菊花茶?成都人在天气好的时候肯定是坐室外的。阳光被老墙挡了一半在上方,下半截是阴凉的气息,墙脚有青苔,墙上贴了很多老宋的诗,赞美祖国山水如此多娇。墙上还贴了一张报纸,是成都一家生活周报的专题,其中有一段落封老宋为"小巷诗人",挨着这张报纸的是老宋一首小巷风味浓郁的诗,走的是戴望舒"丁香姑娘"的路子。

"景阳冈"的旁边是国际青年旅社,一直有背着大山一样旅行包的老外进进出出。在青年旅社如厕很是被宰,一人次要一块钱。走几步的"小观园",住宿费和青年旅社一样便宜实惠,单人间80元,路人如厕是免费的,明显更好客些。

那个时候,到成都来的讲求调调儿的外地人特别喜欢要求当地人带他们去宽、窄巷子遛一趟,坐一会儿街边的小茶馆,喝几口三块钱一碗的成都花茶,吃一碗撒了很多葱花的素椒面,然后跟坐在竹椅上晒"烘烘"太阳的太婆大爷照几张相,成都一游也就不虚此行了。这很正常。成都人到外地去也是如此,都想找一个当地的标志性风情地点,逛一逛、吃一吃、拍一拍,意图在走马观花的旅程中留下一些独特的细节性的回忆。

那个时候,宽巷子已经准备改造了。巷口有一个关于这个工程的办公室,在那里比画好长时间了,有大半年了吧。据说是清华大学建筑系的一帮人。印象中我那段时间去宽窄巷子喝茶,巷口一直有个勘测仪,勘测仪后有个男人跟入定一样一直站在那里。

现在的宽窄巷子已经是成都最为著名的风景旅游点和休闲消费区,酒吧、茶馆、餐馆、商摊、小店林立。在成都本地人看来,宽窄巷子的酒吧和茶馆虽说比其他区域贵一点,但还在可以接受的范围内,比较离谱的是这里的餐馆,几乎全是高档餐馆,好些还是那种闭门营业的"深宅大院",除了吃商务饭和官饭的人,一般人不敢去敲那些门。而宽窄巷子的街上,从早到晚,人流如织,是外地游客的必游地和本地潮人的聚集地。

客观地说,成都宽窄巷子的改造基本保留了其原貌,所谓修旧如旧,当初的这个承诺,政府基本上做到了。在改造之前和改造过程中,这一点是成都文人们最为担忧的问题,生怕他们把原有的建筑统统推翻,然后出现一个崭新的假古董。这种先例在中国城市改造中也是不少的。当然,改造后重新开街的宽窄巷子汇聚了越来越浓的商业气息,这也是在意料之中的事情。

平时都说惯了宽窄巷子,其实,整个宽窄巷子区域,还有一个井巷子;这是一条跟宽窄巷子并列的小街,由北至南,分别是宽巷子、窄巷子、井巷子,共同组成这个连为一体的城市名胜地。井巷子只有靠北一侧的建筑,靠南的另一侧是一组文化墙,墙上是雕塑家朱成先生创作的成都市民生活主题的半浮雕雕像,圈内人戏称为"二维半"雕像。这道墙把墙外的普通居民楼和宽窄巷子区域分割开来。

而在宽巷子那头,从南到北,由支矶石街、小通巷、泡桐树街等僻静浓荫小街所构成的"亚宽窄巷子区域",近年来依托宽窄巷子的名气和人流优势,逐步形成了另外一个休闲消费区域。那里如同丽江大理一般,开了很多家慵懒实惠的咖啡吧或者小饭馆,从而吸引了大量外地的背包客和本地的文艺青年。跟宽窄巷子的热闹喧嚣相比,在"亚宽窄巷子区域"内,人们在享受交通便利生活便利的同时也享受了清静闲适的乐趣。所以，现在成都本地人说起宽窄巷子，其实说的并不一定就只是宽巷子窄巷子，它的概念已经包括周边这些区域，而这些"附属区域"的存在，共同形成了宽窄巷子这张成都名片的前景、中景和远景。有了景深，味道就更好了。

就近去了黄龙溪

2022年3月4日,是二月二龙抬头。成都已经晴了好些天了,气温升得很快。如果中午坐在太阳地里,可以只穿一件衬衣。

我和朋友们商量着就近踏青。于是就去了黄龙溪。

成都周边县市有很多古镇,名气很大的有安仁、怀远、上里、元通、悦来、街子、平乐、西来、洛带等,而在各个排行榜中,经常排在第一位的是位于成都南边的黄龙溪。

黄龙溪在成都南边的近郊,位于双流、彭山、仁寿三县交界之地,古时候有三县衙门的说法。据《华阳县志》记载,府河流至成都与锦江合流,经望江楼、中和、中兴、苏码头至黄龙溪,入彭山县至江口汇入岷江,自古就有航运之便。黄龙溪地处丘陵地带,地貌起伏有致,风景线条婉约柔美,离市区很近,出行特别方便,所以一年到头都是成都非常热门的景点。

每一个古镇,一般都有一个中心,作为整个区域的压镇之地。对于乡镇来说,起到这个作用的一般来说都是寺庙。黄龙溪有三个重要的寺庙,古龙寺、镇江寺和潮音寺,都在黄龙溪镇的正街上,其中最重要的是古龙寺，它是黄龙溪最早的一座寺庙。

古龙寺有一座全木结构的古戏台，建于清代初年，距今有三百多年。以前的乡镇，都会在寺庙、会馆、祠堂等公众聚集之地修建戏台，用于祭拜神灵祖先、开展各种公众事务的讨论以及举行年节时分的各种演出。在四川，有一种在乡间游走的川剧戏班子，叫作"火把剧团"。这个称呼源自"文革"期间，很多传统戏被禁止演出，但在一些偏远乡村，还是会有一些川剧表演，因为总是在夜间演出，需要火把照明，于是有了"火把剧团"这个说法。到了90年代，传统戏剧没落得很厉害，很多专业剧团倒闭解散，于是演员们自组演出团队，在四川乡间辗转演出，延续着"火把剧团"的习惯和特点。现在的"火把剧团"并不是在夜间演出，而只是对这种游走各地的川剧戏班子的一种习惯称谓。我就曾经在古龙寺的古戏台看过一出"火把剧团"的折子戏，这种乡间的演出，前台和后台一目了然，演员台上王侯将相，台下松开戏服赶紧喝茶抽烟，都在观众的眼皮底下。也没有观众席，就舞台前的一个坝子，看戏的人四下分散，或坐或立，有驻足专心观看的，也有只是稍作停顿就径直离去的，还有很多自顾自聊天打趣的，小孩子在人群中穿梭打闹。是一个非常有趣滑稽的场景。

在西南地区，有一种被众人相当尊重的树，叫作黄葛树，这种树别名大叶榕，是一种高大的落叶乔木，枝形虬曲蜿蜒，长到一定的程度后就会呈现出老辣沉着的风韵，其气势和派头可镇一方风水。在旧时的四川风俗中，黄葛树只有在寺庙和一些重要的公共场合才能种植。现在黄葛树在成都很多地方都可以见到，是常见的园林树木。黄葛树有一个特点，是春天落叶，所以，春风中落叶飘飘，然后新叶绽放枝头，也是成都春天的一个景色。

在黄龙溪镇江寺的对面，是锦江和鹿溪河的交汇口，锦江水清，鹿溪水浊，一碧一黄，水景交杂。在鹿溪河汇入锦江的老码头，两条河在此夹出了一个小半岛，在半岛的尖儿上，立着一棵气势孤傲但同时姿态曼妙的古黄葛树。这棵黄葛树，以不动之淡定沉着应和四季的变化，冬天雾霭透迤，夏日水汽迷离，春夏又各自拥有一份清朗之态和薄暮之气，是相当上品的景观，也是我所认为黄龙溪最美的地方。

2022年踏青，我们一行人把车停在古黄葛树下，喊了对面的渡船把我们接过去，到对面的饭馆吃午饭。在饭馆三楼包间，开窗面对两河交汇夹角尖儿以及那棵古黄葛树，仔细凝望，枝形和气韵真是优美曼妙，一如这些年的每次凝望。有轻微的淡青色的雾气缠绕其上，这就是春岚吧。

要说黄龙溪最大的问题就是人太多了。特别是周末节假日，相当拥塞。

小说家何大草在写一部副标题叫作"顺着水走"的纪行散文，写他自己开着一辆老捷达，从成都出发，顺水而行。其中写到他三十年前见过的黄龙溪和三十年后再见到的黄龙溪。在何大草笔下，现在的黄龙溪主街真龙街的夏天是这样的："这儿已热闹很久了，颇像小一号的丽江、乌镇，人山人海，日日都是良辰。环镇建了好多停车场，全都停满了车。当年可以轻快滑行的长坡，被挖出了一条沟，两边挤满了仿古的铺面，沟中灌满了清水，随坡度冲刷而下，成群的儿童和返老还童的父母们就泡在沟中打水仗，过泼水节。水花映射着阳光，衣裳和石板路全湿了。铺子里则在吆喝热腾腾的吃食。我侧身挤过去，汗流浃背，且不断被湿漉漉的人群碰着、撞着，感觉这条路一直走不完。"

真龙街的夏天就是这样的。其他季节，如果天气不错，也同样拥塞。如果想避开主街的话，可以溜到旁边的小街小巷里去，那里有很多临河的小餐馆，可以点上一杯花毛峰，慢慢喝慢慢看看河上的景色，到了饭点儿，可以吃黄龙溪的特产：豆花和油炸小鱼。

黄龙溪跟成都附近的其他古镇相比，还有一个特别之处，很多人到了这里都要买顶花环戴到头上。这里有很多大妈售卖由树枝编制的花环，绿叶青草和各种草花杂编在一起，五颜六色的，很乡气，也很喜兴。不知道为什么，很多人都要买，女孩儿戴，小孩儿戴，甚至小伙子也有戴着的，在其他地方感觉可能很滑稽，但在黄龙溪，似乎很平常，就是一张入门券。如果你在成都街上猛地看到脑袋上戴着花环的游客，那一定是去黄龙溪玩了的。

安仁逸话

成都周边的区县小镇,在我看来最具民国范儿的,是安仁。对于外地人来说,四川小镇里名气最大的可能也是安仁,他们说,安仁?刘文彩!

在小学的时候我知道:成都周边有一个大邑县,大邑县有个安仁镇,安仁镇在以前住了一个"恶霸地主"刘文彩,他有一个庄园,里面全是黑黢黢的房子,贫苦的农民在这里被压迫被剥削,如果稍有反抗,就会被关进更加黑黢黢的水牢里……

早年,刘氏庄园被作为阶级教育基地,基本上所有成都的小学生都会被拉到那里去受教育。我记不得是小学几年级去的安仁,跟着老师同学稀里糊涂地在刘氏庄园里转了一圈,出来后大部分同学脸色发白,好多人被名为"收租院"的描述地主怎样剥削农民的雕塑给吓住了,那组雕塑内容相当残酷,人物面容要么悲苦凄惨,要么暴戾恶毒,小孩子看了都很害怕。撇开意识形态因素不谈,"收租院"群塑现在已经被公认为是一个艺术杰作了。那时我的脸色估计是青的,我更主要是被水牢给吓坏了,晚上回家睡觉不敢睡,一闭眼就是水牢，终于睡着了，结果还是梦到了水牢，然后被吓醒了。后来才知道，哪是什么水牢，那是刘文彩的鸦片仓库。

前几年春天，我去安仁时有外地朋友同行，我陪着又去转了一圈刘氏庄园，到了"水牢"那里，呼吸有点紧。看来童年阴影这东西真是厉害，几十年挥之不去。

安仁是我经常去的一个地方。它现在被命名为"中国博物馆小镇"，一来，刘氏庄园是一个著名的博物馆，再就是四川民间收藏奇人樊建川先生在这里建了一个"建川博物馆聚落"，包含了中国唯一一座全面纪念国军正面抗战的"正面战场馆"、亚洲唯一纪念二战战俘的"不屈战俘馆"、中国唯一全面纪念抗战期间援华美军的"飞虎奇兵馆"等二十几座纪念馆。

这些年在安仁，我一般都在老公馆街上逗留。这条街本身就是一个博物馆聚落，青石板的街面两边，前店后居，店面构成小街的消费形态，后面则是二十几座保存完好的军阀老公馆。安仁刘氏家族是一方望族，出乡绅，比如刘文彩，也出军阀，比如刘湘、刘文辉。在这个一切老建筑几乎都被拆光的时代，老公馆街在中国当下是一个奇迹，原因在于1949年后这条街被军队接管了，成了一个军事单位，因而免受了一次次冲击，留存到现在。现在的老公馆街已经被保护式改造为一处十分别致的休闲旅游目的地，有各种精品设计客栈、特色小店、本地风味饭馆、茶室、咖啡店等，当然还有一座座修缮完好的老公馆。游客在这里停驻几天是很舒服的，逛一逛、看一看、吃一吃，内容还是蛮丰富的。春天，柚子花香穿梭在街面，秋天，桂花香弥漫，冬天，蜡梅香隐约点缀，至于夏天，那是安仁所在的川西坝子最优美的季节，凉爽且静谧，各种绿各种迷离。

任何一个地方，让人生发关注的因素最终还是在人。在安仁历史上，刘文彩是一个人物；以后，樊建川这个人也会是安仁地方志上的一个著名历史人物。他是四川宜宾人，军人后代，军人情结浓厚。此公脾气豪爽、性格谐趣，曾经官至宜宾市副市长，离开官场后，专注于在安仁建造他的博物馆聚落。

安仁历史上还有一个人。这是一个令人唏嘘的故事。

老公馆街上，原有一所中学，是当年刘文彩捐资兴建的文彩中学，后来一直沿用，叫作安仁中学，这两年，这里被改成了"孔裔国际公学"，是一所私立国际学校，听说学费一年十万。我进去参观过，校园极美，有人说这是中国最美的中学，我不知道最美一说是否恰当，但作为一所中学，它的确让人惊艳。我要说的是，著名电影演员冯喆就是在这里死的。现在的年轻人绝大多数已经不知道冯喆这个人了，他曾经是一代人的偶像，电影代表作品有《桃花扇》《南征北战》等。冯喆形象俊美，气质儒雅，与他同时代的影响力相当的偶像演员是王心刚，在一个阶段，这两人在中国影坛上呈双峰对峙的形态。两相对比，王心刚更硬朗，冯喆更儒雅。比起现在安度晚年的王心刚，冯喆太惨了。他1921年生于天津，曾就读于上海圣约翰大学并游学美国，后来回到上海当了演员。20世纪50年代，冯喆所在的上海天马电影制片厂解散分流，他被分配到成都的峨眉电影制片厂，在"文化大革命"中，他自然是被冲击的对象，当时四川省文化系统的学习班就在安仁，冯喆也在其中接受改造。1969年6月，在安仁中学的一场批斗中，冯喆被殴打致死，终年48岁。当时给他定性是"自杀"。

青城山闲话

小时候,有同学吟道:"峨眉天下秀,青城天下幽。"(小时候我们大家也就对成都周边的这两座山有点感觉。)旁边有插嘴的问:谁说的?这同学四下里看看,压低嗓子说:我爸说是蒋介石说的。众伙伴一愣,也跟着四下看看,警觉无语。小小年纪也知道什么叫犯禁。

话还是转回青城山。

青城山离成都最近,只有65公里。关于青城山,我想很多成都人都和我一样,有一种不知该说什么的困惑,多少有点"只在此山中,云深不知处"的意思。

因为这座天下闻名的山离成都太近了,成都人的青城山"处女游",很可能开始于学龄前,然后是学校里的春游,少男少女期间的结伴游……直至成人以后无数次的开会、带外地亲友的伴游,等等。青城山对于成都人来说,既有郊游的轻松,还有览胜的好感,离家但又没有出外,当天来回或小住几天,都把握在自己手里,这种亲切和熟悉,其实反而造成了一种失语状态。就我自己来说,完全算不清楚到底去过多少次青城山。这座山对于我来说，因为去的次数太多而变得一片模糊；要我谈论它的话，也多少有一种近之不逊的难养之气。这真的很抱歉。

青城山位于都江堰市的西南，是我国四大道教名山之一，其他三座道教名山是江西龙虎山、湖北武当山、安徽齐云山。在武侠小说里，武当山和青城山的名气很大，武当和少林并肩称雄武林，其中，总有青城派的飘忽身影参与其中。作为道教文化的发祥地，青城山在中国文化中还占据着非常重要的位置。道教是中国土产的多神教，敬重自然，尊崇老庄，强调天地万物之间的和谐相处，天人合一，乐天知命。这一点也是蜀文化的核心理念，并作为一种文化基因延续至今。

为什么叫青城山呢？诸峰环峙，状若城廓，是谓城；青是这座山的色彩基调，还不是一般意义上的四季常绿，而是绿得特别深厚，特别有层次，人进入其中，仿佛自己也被青绿之色给染透了，幽深之意自心底涌出。所以，青城二字，既是写意，也是写实。

青城山景区分为前山和后山两部分。前山被称为道教博物馆，沿着蜿蜒盘旋的山道攀登而上，从山脚的建福宫开始，沿途的道观和自然风景观赏点均有可观之处，比如月城湖、天然图画、慈云阁、天师洞、祖师殿、上清宫、老君阁，等等。上清宫和老君阁在青城山顶峰，海拔1600米处，很少听人说上去过。我去过很多次青城山，从来就到天师洞为止，再上面就没有爬过了。虽说青城山不算是什么高山峻岭，但爬山总是很累的，所以，天师洞总是会给游人带来特别的感受，又满足又放松。我自己是很喜欢天师洞的，三面环山，一面临涧，山风吹来，如同清泉润泽全身。天师洞的门前，有一株古银杏树，据说是张天师亲手栽种的，树龄已达1800余年。如果深秋时节攀登到天师洞，古银杏树满树金黄，背景是气势宏伟的道观和四周深绿如潭的山峰，这个画面会美得让人屏息。

对于这座山以及它的前后左右，在我的感觉里，山水之美已经完全被遮盖了，就是被那种亲切和熟悉给遮盖了。但我知道它美，就像一个人知道家人的美一样，就只是一种知道而已。对于这座山，我的印象都停留在人身上。印象深刻的是一些形态暧昧的男女、身上带着会议味道的外地人、一脸疲倦且又兴奋的旅游者，还有就是一群一堆的老人。青城天下幽，在我是完全没有"幽"的感觉了，它已经被太多的人声给弄得很喧闹了。回忆起来，我在青城山最深刻的记忆是鬼使神差地穿着一双高跟鞋上了天师洞。受过此种酷刑，想忘也不容易。

到青城山游览的外地游客一般都会去前山，毕竟那是正文；但成都人到青城山，一般都去后山，这相当于是副刊。青城后山是成都人非常熟悉的耍处，成都人把无所事事地玩叫作耍。这里有无数农家乐餐厅加民宿，经常会把成都人留在青城后山住上两天，走走山道，吹吹山风，吃吃农家菜，在山脚的泰安古镇逛一逛。这对于成都人来说，是很常见的一种休闲方式。

如果要问我几个关于青城山的关键词，我能马上想出的就是：道教、天师洞，还有就是老腊肉、白果炖鸡。前面两个词来自知识，后面两个词当然生动多了，来自很多次积累起来的味觉记忆。

腊肉是腌肉类的一种，主要产地在四川，因为是过年时家家户户必须上桌的菜品，在每年腊月开始制作，因此被称为腊肉。据说制作腊肉一般得在气温10℃左右，这也就是成都平原冬天的平均气温。半肥半瘦的带皮猪肉，用各种调料拌匀腌制，使其最有风味最为独特的是最后一道工序，用锯末、新鲜的柏丫和松枝熏制。据说青城山这一带在熏制这道工序上有绝招，所以青城山老腊肉在到处都制作腊肉的四川都属于风味上乘的名品。

白果炖鸡是青城山的标志菜肴。也许是这里的银杏树特别繁茂的原因，青城山几乎所有馆子，大到考究的酒楼，小到山道边的农家乐，都有白果炖鸡这道菜。白果，也就是银杏果，状如鹅卵，大小如杏核，成熟后洁白如玉，非常好看。白果有毒，不能生吃，适合熟食。中医讲白果可以润肺。在成都，一般来说都是剥去白果外面的硬壳后，取里面淡黄色的果核跟土鸡炖煮在一起，成为"白果炖鸡"这道滋补名菜。

在青城山的饭桌上，老腊肉和白果炖鸡是一定要点上来的。其实，很多次吃这两道当地名菜都挺后悔的：老腊肉一定不是老腊肉，那么大的需求量，谁还会有耐心制作陈年腊肉？就是炖个鸡大多时候也炖得个慌里慌张的，鸡肉熟了，白果嚼得动，就端上桌了。

青城山历来就是成都人的后花园，尤宜避暑。交通方便，无论是坐轻轨还是自驾车，都相当方便；近年来，青城山开发了很多楼盘，大多为小户型，不少成都人都去买了一套，周末和节假日时就跑到青城山度个小假。成都很多老年人的整个夏天都是在青城山过的，或住自己的房子，或租一套民房，在清凉山风和满目葱郁中过一个惬意的夏天。我经常在夏天听到周围的人说，这个周末我另有安排了，我要去青城山看父母。

当年在青城山购房形成热潮的时候，我没有顺势也去买一套。我深知，所谓每个周末度假这种事，对于我这个宅人来说无非只是心血来潮偶尔为之的事情。再说了，如果周末短途游，干吗只去青城山啊？成都周边好玩的地方多了，换着地方跑啊。于是，我看着周围有熟人朋友怎么对付在青城山的房子：先是一周去一次，再是半个月去一次，后面就是一个月、三个月、半年……间隔时间越长，打扫卫生的强度越大，等差不多打扫完毕，也该回城上班了。我曾揶揄过老朋友马小兵：这个周末又该去青城山出差哇？马小兵后来告诉我，他把青城山的房子卖了。

第三辑 她们在成都

翟永明：正如你所看到的

1

  2023年4月1日，在玉林的芳华街"白夜花神诗空间"，"入画——翟永明绘画作品展"开幕。我那天到得比较早，在人还不多的展厅内，把翟姐的油画一幅一幅仔细地看了。它们让我感觉惊奇。这些画，只有翟姐才画得出来，因为它们所蕴含的气息和味道，跟她的诗歌作品完全同质，不同的是之前是经由语言，如今是经由画面。一个具有蓬勃创作力的人，在人生的不同阶段总是会找到不同的渠道和出口来释放自己的才华。诗之后，翟姐又找到了艺术创作这个渠道来对应她的生命能量。这些能量和渠道是什么呢？它们究竟是如何发生的呢？我想起了翟姐很多年前一本诗集的书名——《正如你所看到的》。

  正如你所看到的。如此就好。

  我接触到的生活中的翟姐，随和亲切，话题是日常的和感性的，基本不涉及任何创作理念。她关于文学艺术的深度阐释，都得在她的作品里去阅读。我读过她很多诗,也读过她很多文章和书,甚至我还当过她的一本游记的责任编辑,但每次我读她的作品,都要把腰板正了正——她在她的作品里,呈现出一种别样的严肃和深邃。并不是她不严肃不深邃,而是在她的作品里,总是有一种特别的庄重姿态。这种庄重在当下的写作语境中显得是那么难得——它完全是建设性的,而不是消解意味的,出于这个原因,它甚至显得有点笨重,像一块砖一块砖地在砌。相比于现在那么多轻灵好玩的文字来说,翟永明的态度和文字本身都不是取巧的,也不是那么容易吞咽和消化的;如果允许我用食品来打比方的话,正是这种结实,使得她的文字成为类似于米和面那种主食,而非零食。

在我的阅读视野里,我认为翟永明在几十年的写作中一直秉持了结实的原则,这个原则的支撑是直面现实的勇气和毅力。面对现实总是比临空蹈虚来得笨重,但也因此更加有力。至于这个现实有什么样的含义,翟永明解释说:"对于诗人来说,他的写作一直面对两种冲突,一个是现实中的现实,一个是诗歌中的现实。现实中的现实让他观察生活,诗歌中的现实让他与生活保有一定的距离。这是一个问题,但不是一个矛盾的问题,这两种现实加在一起,就是诗的秘密。"而诗的秘密又是什么呢?当然诗的秘密只能通过诗本身惊鸿一瞥,它一掠而过,不待捕捉就逃之夭夭;或者,就如我以为的,翟永明这几句诗可以道出三分究竟:

正如你所看到的

现在我已造好潜水艇
可是水在哪儿
水在世界上拍打
现在我必须造水
为每一件事物的悲伤
制造它不可多得的完美

2

2003年5月前夕，我所在的四川文艺出版社纵目工作室推出了翟永明的游记随笔《纽约，纽约以西》。我们（责任编辑是我和何小竹）在书的封底上写上这么一段话："女诗人翟永明在中国诗坛一直是一个神话和传奇。她的诗歌，她的容貌，她的情感，她的游历，都是这个神话和传奇的组成部分。《纽约，纽约以西》首次让喜爱翟永明诗歌的读者可以在文字之外一睹传说和想象中的女诗人的面孔和身影……"那些展现她本人以及她视线里的景物的照片出自艺术家何多苓之手，构图相当考究。虽然翟姐对这段话耿耿于怀，觉得夸张，不自在，但我们还是毫不犹豫放到了封底上。

这本书按翟姐的话说是被我的搭档何小竹逼出来的。她一向很怕写长东西，也很怕写规定时间交稿的东西。而这次，这两样齐了，她也就被害得够呛。从确定选题开始，何小竹就开始时不时打电话，柔声呼唤道："翟姐，在写吗？"我在一边听了奇怪，因为，在他们诗人圈内，"小翟"是永远不变的称谓。何小竹解释说，在她交稿之前我都这样喊她，让她一接电话就知道催债的来了。

翟姐被逼得无路可逃，新年前后，连同整个春节都搭进去了，终于交稿。又和何多苓一起整理图片以及图片配文，这才彻底交稿。她说，从来没有这么勤奋过。

签合同那天，我们一起去成都南郊吃"签字饭"，吃的是跳水蛙，非常美味。何多苓讲起90年代初在美国的趣事。比如，打"黑电话"。那时他们都很穷，国际长途电话又很昂贵，于是从"黑娃儿"手上花十美元买个密码，然后很紧张地找个公用电话，拨通了成都，何多苓兴奋地说："妈，我是何多苓。"何多苓母亲耳朵不好，回答道："何多苓在美国。"这边吼道："我就是何多苓。"那边也提高了声音："何多苓不在家，在美国。"……何多苓这个急啊，还得随时注意有没有警察来。我听得哈哈大笑，问："咦，怎么书里没写这么好玩的事情呢？"翟姐指着何小竹："还不是他，催命似的。好多好玩的事情没来得及写。"

真是有点对不起翟姐。她太仗义了，太迁就我们了。

3

1998年，"白夜"在玉林西路开业。这个白夜，我们一般称为"老白夜"，之后是2008年迁移到宽巷子的"新白夜"。2021年10

月，白夜重返玉林，玉林的芳华街"白夜花神诗空间"开业。后面这个白夜，大家就干脆直接叫"白夜"了。

关于白夜，关于翟姐，各种书写太多了。对于我来说，把白夜和翟姐连在一起记忆的，最深刻的是2005年5月4日的夜晚。

那一天，翟姐和同一天生日的雕塑家朱成联合开生日PARTY，一帮朋友在老白夜长时间地跳舞。那天，翟姐穿着一条亮蓝底白色大花的吊带裙，舞得非常尽兴舒展。她像一棵风中的热带植物，丰饶茂盛摇曳动人。在场所有的男人和女人都很爱慕地看着她。我是其中一员，看着她，多年来对这个女人的钦羡和赞美也随着这个快乐的夜晚再度加强和巩固。她是一个传奇！

80年代开始享誉诗坛的诗人——这是翟永明最初的公共形象；叠加在这个形象之外的其他内容是，一个参与公共话题尤其是女性主义话题讨论的知识分子，一个资深的艺术爱好者，现在进而成为创作者，一个摄影高手，一个电影发烧友，一个没有被时间磨损的经久不衰的美人，一个在服装品位上很有天分的时尚中人，一个在朋友圈中厚道亲切的大姐……这些都是翟永明，但这些都只是她的一个侧面，加在一起都还不能概括"翟永明"这个女人的全部。

在成都这帮朋友的眼里，翟永明总是穿着那些特别好看的衣服出现在她的"白夜"，和大家喝酒、聊天、哈哈大笑。她会和朋友们分享各种段子，笑得前仰后合。谁要是夸她，说看到她的哪首诗哪篇文章是如何好，她就显得很是有点羞涩，笑呵呵地说，哪儿嘛？哪儿嘛？于是很多人都说，翟永明是个很憨厚的女人。与此同时，她在大家眼里，又是一个行踪飘忽的人。总有一些时候，她不在成都，一打听，原来去了欧洲、西班牙、意大利、德国什么的，或者去了北京、上海、广州等地方。隔了一阵子，她回来了，又坐在她的"白夜"里，和大家聊天说笑。四处游历和安居故乡这两种截然不同的东西，在翟永明身上转换得特别自然，她的身上，有漂泊的气息，也有家常的味道，融合在一起，让人无法分辨，这使得这个女人拥有一种奇妙的难以描述的复杂性，既是亲切贴近的，又是神秘异质的，像一种既深邃又清澈的潭水。跟她认识很多年的人，都有一个共同的感觉，很难把诗歌中那个沉郁幽寂的翟永明跟现实生活中那个明朗随和的翟永明叠合在一起；她的诗早年是夜，是黑色，近几年有所变化，在墨绿、深褐、绛红这些深色调中转化；而她本人是昼，是艳阳，是非常鲜艳和温暖的，像她热爱的西班牙给人的感觉——黑底飞金。

在成都，在对翟永明的赞美中，我们保持着一种惊奇，保持了很多年，那就是我们惊奇于翟永明的美貌从不衰退。可以说，她越来越美丽。她很幸运地拥有家族遗传基因，是被时光恩宠的女人。

算了一下，我认识翟姐正好三十年。我之所以说她比以前还要美丽，那也是时光恩宠她的结果，现在的她，更从容更放松更有力量。早年的她，如一个记者所提到的那样，"20世纪90年代初，肖全拍摄的你的照片以及何多苓给你画的画像中，你的眼睛里有一层宿命、惊恐和漂泊，但近两年的照片你都始终带着善意的笑，你自己能说清楚照片反映出的两种眼神里的世界吗？"她回答说："也许在我年轻的时候，我的生活我的经验带给我某种惶惑，我对世界和对命运都抱有一种推拒和回避的东西，这种东西有时反映在人的面部上而不为己知。现在，我也并不能说我就已经完全没有了这种惶惑，只是，生命中比较坚定的部分呈现出来，并化解为一种更有力的表情。它也许是善意，也许是笑意，都说不清楚，也不重要。可以肯定的是：不是这个世界变得越来越接近我，而是我变得越来越接近自己。"

翟永明的魅力对他人来说是一种笼罩，那是知性和感性之慧、灵魂和肉体之美的融合无间。她自己不否认她漂亮，按她的话说，漂亮也不是什么坏事。至于魅力，那含义当然就更厚重了。为写这篇文章，我问了她两个问题：一、你觉得魅力是什么？二、你眼中的魅力人物是怎样的？她说，魅力啊？魅力应该是发自自然、出自内心散发出来并能打动他人的吸引力、感染力吧。她又说，至于说魅力人物，除了这个人外在形象以及气质、修养等方面的吸引力之外，还应该是一个有良心有情怀对社会对公众有影响、有所贡献的人。

应该说，翟永明对于魅力人物的看法也适合于她本人。

王鹤：正格书写

1999年，我在成都晚报社的两位同事、好友，王鹤和王泽华出版了《民国时期的老成都》这本书。我读完后才发觉自己是经由这本书，才开始探索和触摸我出生成长定居的这个城市。

记得当年读《民国时期的老成都》，其中关于成都"花街"的钩沉，让我记忆深刻。

成都"花街"，位置在现在的天涯石街那一带，是那个年代的"红灯区"。民国初年，主政成都的大员周孝怀，管理整顿已成泛滥之势的暗娼私妓，将其统一安顿至天涯石街，并把天涯石街改称"新化街"，在街口建岗楼，置岗哨，维持秩序；岗楼上还钉了一道横匾，上书"觉我良民"四个字。周孝怀的这一政绩，既维护风化，又给欲望以一个发泄的出口，对于市民来说，算是各取所需；对于娼妓来说，有一些基本的就业、居住、卫生和安全保障，可谓适得其所。这算是良绩吧，周孝怀能成为川官中的名官，在地方史中口碑不错，就因他在主政时期，做过不少这种有效且变通的事情。

我是在成都出生长大的成都人，关于"花街"，之前我却一无所知，是在《民国时期的老成都》里读到这一番风月旧事的。书是王鹤和王泽华合著的，她俩是同事，也是密友，气息相投趣味一致，所以说，关于"花街"这一部分的文字究竟是谁执笔的，我并不清楚。之后追踪王鹤的阅读和写作，我以为王鹤执笔的可能性更大。《民国时期的老成都》一书还未出版的时候，王泽华已经移民加拿大了，所以关于这本书的读后感，我只是跟王鹤有过交流。当时我们都供职于成都晚报，午餐休息时大家经常聚在一起边吃边聊，而谈及此书时，主要内容就是"花街"。写得真好，好的原因不仅仅在于对那段历史的梳理相当清晰，还在于作者的出发点不仅仅是猎奇（因为猎奇之心自然是有的），这中间还包含了一个女作家对特业女性真诚的关注以及同性之间自然流露的同情与怜悯。

那个时候我就觉得，王鹤会沿着这个探究思路继续走，继续写。现在，果然，这本书出来了——《晚明风月》。王鹤的路径是回溯，从民国回溯到晚明。

晚明，那也是我非常感兴趣的历史时期，异常动荡惨烈，异族入侵，山河易帜，资本主义开始萌芽，现代意识初始发端……也就是在这个时期，以南京为中心的江南地区，涌现出历史上最为密集也最为知名的一群风月明星，董小宛、李香君、柳如是、寇白门、顾媚……除了这群名动华夏的女主角之外，连带着阮大铖、马士英、冒辟疆、侯方域等男配角都十分抢眼。这一个时期的这些个故事，之所以如此闻名、如此香艳、如此脍炙人口，一方面是作为主体的江南名妓个个身怀绝技，风云际会般的集体亮相，那气场自然非常慑人；另一方面，男配角们也个个都是人物，或位高权重，或才华耀眼，他们不仅出演，而且很多都留下了文字记录，多少兼了史官的作用。这些文字成为后来的创作者们再度创作时取之不尽的素材库。

王鹤的《晚明风月》也是取材自这个素材库，它以晚明名士余澹心的《板桥杂记》为取材基点，以一系列晚明清初乃至民国时期的笔记、野史、演义、杂谈，如以冒辟疆的《影梅庵忆语》、张岱的《陶庵梦忆》、孔尚任的《桃花扇》、陈寅恪的《柳如是别传》等名作为取材的辅助渠道，对晚明风月做了一番详尽的主观的但很有说服力的爬梳和解析。

我就不用多说王鹤在这本书里下了多少案头功夫了。我跟她是老友，深知她的特点，她是细致认真的人，行文与为人同样谨慎得体，甚至有点老派，带有60年代生人普遍都具备的端肃严谨的作风，这使得这本书的铺衍和臆想不会走得太远，当然也不会有自以为是的戏说和篡改。但是，主观的揣测是一定有的。我赞成的，恰恰就是这种主观；一部历史随笔集，如果不是主观的，那反而就是缺陷。文人看历史，不需要担负史家的责任，那么，主观就是书写的价值所在。在主观的观看和书写过程中，历史就成了一条流动的活水，君住长江头，我住长江尾，几百年的江水流下来，人心是相通的，人性是相通的，生命的滋味是相通的。

风月故事，任何时代都有，从来都有，为什么晚明的风月故事会成为其中最著名的一段传说？这里面就有时代背景这东西在起作用了，因为"她们都身逢甲申、乙酉之变，中国历史上最惨绝人寰的时段之一，连男人都无法苟全性命的乱世"。正因为如此，在这样的场景中出场的女主角们，除了倾城美貌和绝世才情之外，她们身上的坚忍、通达，就比好些男人都更为浓墨重彩。中国史书中，女性多为背影和侧影，而在这乱云飞渡的晚明，这些美丽的女人似乎真的成了主角，她们面对着我们，凝视着我们，她们的英雄气是那么充沛和浓厚。时代的景深越深，人物的轮廓就越鲜明。从这个角度来说，王鹤选择晚明加以考量，是十分明智的题材选择，而她在这本书里所呈现的女性观，在我看来是有普世意义的。

阅读是内心里一层一层涂抹的过程。比如，读过冒辟疆的《影梅庵忆语》，读者对董小宛这个人物，心里就有了一层底色；读余澹心的《板桥杂记》，在董小宛的身上，又涂抹了一层颜色；再来读王鹤的《晚明风月》，董小宛就已经是一个很有厚度的人物了，这中间，掺杂了作者的观点，也混合了读者的见解，再加之内心某个微妙的情感触点被激发被映照，渐渐地，董小宛就成了你的董小宛，跟我的董小宛不一样，就像每人心中都有一个林黛玉。这种趣味，实在是悠然心会，妙处难与君说。

当时我想，王鹤绕过了清末。不过，我相信，她会绕回来的，用另一种笔法，用她的视角和观照方式来加以书写。然后，我想，她还会继续走，继续回溯，把历史深处的那些已经越来越模糊的女性形象重新加以整理和呈现。

果然如此。

王鹤途经清末重新回到民国，之后，陆续出版了《爱与痛俱成往事》和《过眼年华 动人幽意》（两卷本）等书，将林徽因、张爱玲、杨绛、萧红、张兆和、叶嘉莹等42位民国传奇女子的经历，钩沉爬梳，并加以自己的解读。在这些作品里，王鹤再次呈现了一个"正格"作家的特点。所谓"正格"，是我的一个说法，意思是相对来说客观公正，不偏不倚，与此同时，她设身处地地去体会不同时代背景下女性的生存质地，行文克制，情绪饱满。

2022年5月，《民国时期的老成都》新版上市。我们在成都市中心的崇德里举行了分享会。远在加拿大的王泽华，通过视频发来感言。

这次的新版，我又认真读了一遍，很多时候感觉像在读一本新书，其中的原因，一方面是修订版增加了不少新的内容，经历了二十多年的沉淀，王泽华、王鹤对于故乡的情感有了更为深潜浓郁的堆积和从容稳重的回望，对成都这个城市就有了更为深入和细致的研究、观察和描摹。另一方面，作为读者的我，对于自己所居住城市的习以为常和漫不经心，无论是过往还是当下，在很大程度上满足于轮廓，忽略了肌理。也许，无论是久居的老成都人，还是迁居的新成都人，我们大家都需要像这本书的开头那样，在1913年成都初冬的薄雾中，跟随着留学欧洲后返乡的成都人周映彤（作家韩素音之父）和他的比利时妻子，一步一步重新进入成都，在仿佛的熟悉或者巨大的陌生中重新了解这个城市。一百多年来，无数成都人像我们今天一样，吃喝笑泪，柴米油盐，然后，像初冬薄雾一样，渐渐地隐去消失。我们大家也会是一样的。留下的是这座蔓延悠长且不断变迁的城市和像王鹤这样的作者对这个城市的记录和书写。

既是写作同行，又是闺中密友，在一起厮混了三十年，之后还将一起老去，在我的女友中，只有王鹤一个。我叫她鹤姐。现在的鹤姐，暂时对女人不感兴趣了，她在仔细研究一个令她着迷的男人。这个男人叫苏轼。她从他的故乡同时也是她的故乡——眉山出发，慢慢行慢慢看，隔着一千多年，沿着他的足迹，沐浴同样的晨曦和月光。我对鹤姐说，这是爱情啊！不过太值得了。我们都爱他。

宁不远：正面肖像之后

写下这个标题的时候，我想，是应该写宁远，还是宁不远呢？宁不远是她出版第一部小说《米莲分》开始正式用的笔名，之前偶尔用过。现在看到她在很多场合已经改用宁不远了。那就先宁远后宁不远吧。

我一直叫她小远。

2023年的双十一，远家网上直播，我点进去看，看到远家的"懂事长"正在吆喝她家的衣服，她笑靥如花地展示各种衣服和穿搭，字幕翻滚，粉丝们群情踊跃，成交量节节攀升。我看着她那双全情投入晶晶闪亮的眼睛，心想，作为生活方式的女神级人物，这个号召力真是名不虚传啊。

第一次见宁远，是在2008年终的一个活动中。她上台领奖，我在观众席里观礼，哦，这是那个"史上最美女主播"。跟很多观众一样，在5·12地震期间，我也被她在荧屏上的哽咽和眼泪所打动。那天，她的长卷发在发尾拧成两个小辫子，短裙，一双齐膝的靴子，窈窕轻盈。活动结束，大家鱼贯而出，她走到我面前，笑眯眯地说，洁尘姐姐，我叫宁远。寒暄两句互致告别后，她走了几步又转过头问我，姐姐你拿停车票没有？我笑说拿了的。那个活动是在一家五星级酒店举办的，停车费贵得离谱。我之前去参加过那里的一次活动，因为忘了在活动主办方那里拿停车票，待出地下停车场的门时，被相当高额的停车费给刺激了。宁远想必知道这个停车场的"名气"。初次见面，马上领会了她的细心和体贴，还有一份令人欣悦的实际。

之后，和宁远时不时见面，一般都在聚会上。她长得很好看，又素净又娇媚，加上性格随和亲切，很招人喜欢。接着就是一个夏天，她一下子让我在喜欢之外肃然起敬。那次我们一大堆朋友在她和她表妹、后来的远家CEO贝壳在三圣乡开的一家叫作"远远的阳光房"的农家乐吃烧烤，小远在炉子前各种操持，汗水淋漓，从生火到把烤好的各种食物端上桌子，一气呵成，麻利干练，在这个过程中，她招呼照应每一个人，所有细节都在她眼睛里。我看到这个浑身充满力量的女孩儿，心里涌上一句话：这是个要成大事的人啊。

十五年来，她一直让我惊奇。我认识她时，她是电视新闻主播，后来成为电视节目主持人，我们去过她开的农家乐"远远的阳光房"，又看到她在淘宝上开了一家也叫"远远的阳光房"的小店，卖她自己设计的衣服和鞋子。这一切，都让我们大家很赞叹了，觉得这个姑娘实在是很能干。这之后，她辞掉了电视台的工作，和她的团队一起超乎想象地迅猛发展，而且每一步都很踏实很成功。后面的故事大家就更了解了，一个叫作"远家"的有着自己独特的价值观和广泛影响力的企业，还有一个叫作"明月远家"的乡村民宿综合体。在这个过程中，宁远成为三个孩子的母亲，写了好几本书，当了两台话剧的主演，再之后，就是小说家宁不远。她确实是一个不可思议的人。

作为完成度很高的一个人，有很多美好的词汇可以用在小远身上。如果只允许我用一个词来形容她，我想，我会毫不犹豫地用这个词：朴实。

她有一种与生俱来的朴实。难得的是，这种朴实一直在她的身上，不曾磨损。很多人现在见到更多的是素颜的小远，舒服的远家衣着，平底鞋，很多时候是短发；而我见过浓妆的宁远，"金话筒"得主，晚礼服、红地毯、长卷发、高跟鞋，端着红酒跟人寒暄微笑应酬，但那时的她依然朴实。有人说，不做主持人的宁远洗尽铅华云云。这话不对。我认识的小远，铅华就是晚上临睡前及时卸掉的化妆品，不怎么损伤皮肤。有一次，大家约在小房子酒吧玩，宁远下了节目赶来，坐在角落里仔细清理残存的浓妆，然后踢掉高跟鞋，蹦到桌子上跳舞。她临镜卸妆的时候，那手势那动作，相当有劲道。她没有注意到我正在仔细地看她。

小远的朴实有一种阳光的味道。她的家乡，西昌米易，是一个阳光饱满的地方。她从小被阳光浸透，所以她最初的团队取名为"远远的阳光房"。晴天里晒了一天的白衬衣，收回来时放在鼻子下一闻，就明白什么是阳光的味道了。阳光的味道里有劳作、有辛苦，更有放松的芳香。小远给人的印象举重若轻，就有那种放松的芳香。可以想见她的日常会是多么忙碌繁杂，但每次见到她，她都是从容柔和的，似乎一切如拈花一般轻巧。我喜欢这样的人。你再累再烦，那是你选择之后必然伴生的东西。你可以不选择，但选择之后，除了咬牙咽下，还能怎么样？！我喜欢选择之后镇定担当的人。

　　回想起来，我只见过她的一次焦虑。有一次，我和她一起在一个地下停车场盘桓了一个小时。那天是和她一起参加一个读书分享会，然后说好坐她的车去她工作室吃火锅。因为赶时间，她停好车拔腿就往活动现场跑，没有去记车的位置。那是城北的一个新的商业中心，地下停车场有三层，每一层都浩瀚无边。我跟其他几个朋友跟着她找车。问她，摁一下钥匙，叫它试试？宁远回头说，它不叫唤的。又问，什么颜色的车呢？她又回头说，记不得了，我临时从朋友那里抓的。这样找下去不是事啊，停车场有监控录像，可以大致按时间去查一下进场车辆，于是再问她，那想想车牌号？她再回头，忍不住苦笑：我不知道，我朋友没接电话。那次是我第一次也几乎是唯一一次见小远脸上流露出了焦虑的神色，而她焦虑的是这么些个朋友跟在后面一起找，其他朋友正陆续赶往工作室，而那边还有一大堆晚餐的准备工作。她说，你们站在这里等着歇会儿。她卸下双肩包，在停车场里跑来跑去东探西寻。最后打电话找朋友问到了车牌号，终于大海捞针把车子给捞出来了。找到车的那一刻，小远笑开了花。

对于很多人来说，宁不远是一个正面肖像。她的才华、热情、周到、情调，她的吃苦耐劳和种种巧思妙想，都给人以美好的感觉。至于说她必然会有的那些颓唐、不耐、烦躁甚至痛苦，都留在了背景里，而这个背景会随着她的成长一点点深入，进而越发衬托出肖像主体的明艳照人。

小远1980年出生，又是年初的双鱼座，所以她说，每次一堆80后坐在一起她都是最大的。近年来，我和同龄好友孟蔚红，跟小远、贝壳、余明旻、朱星海、陈彦炜、DADA几个80后的年轻人经常聚会，还有个组织名称，叫作"保固期"（保持固定关系，长期）。这些出生在80年代初期的年轻人，是企业掌门人、高管、建筑设计师、品牌设计师、摄影师，现在都正是干事的时候，在社会生活的很多领域十分活跃。我这种经常宅在家里而且现在几乎没有夜生活的人，从他们那里获取了很多资讯，学习了很多新的内容，相当受益。我们因长期的友情聚在一起，又因经常的相聚被友情持续滋养。

托保固期的福，近年来因经常性的聚会，也和小远有了更多见面和私下聊天的时间。我发现小远开始进入一个裂变的时期，她谈论她正在读的书、正在思考的问题以及面临的各种情况，较之以前有了新的角度和深度。

2022年，宁远以宁不远为笔名出版了小说处女作《米莲分》，这部小说着实把我吓了一跳，所以我说40岁的她似乎开始发生裂变。在此之前，她已经出版了好几本清新动人的散文随笔，但从这部小说开始，宁不远陡然进入了一条新的轨道，她的小说结构和小说语言一开头就呈现出了相当到位的把握感，而小说里那些人物和故事，更是她独有的，那是从她从小长大的米易的那座山里长出来的。看了《米莲分》，我知道宁不远把宁远这个正面肖像的景深拉开了，她开始通过小说这种方式来释放她生命中的那些更多的滋味，在那些结实有力之外的虚空之处，有风有雨有云有雾，有了好些不那么确定但让人心领神会、很多时候黯然神伤的东西。她开始把笔触投向了阴影，而在之后，那些阴影的轮廓、细节和质感都是值得期待的。她曾经在《米莲分》的后记里说："我想通过小说到达更加丰富和辽阔的地方，这里含混不清，但迷人。写小说的人不提供答案，不为到达，只是一直走在路途上。"

2023年底，宁不远的第二部小说《莲花白》出版了。一个正式进入赛道的选手，起跑之后势头相当强劲，创作能量和创作密度都很高。《莲花白》相比《米莲分》里面八岁孩子的视角来说，显得沉重了许多。刚刚开始进入青春期发育的女孩，没有家庭和亲人的庇护，一个人的煎熬和孤独，与同龄人之间硬生生地没有缓冲余地的摩擦，让这个故事像十四五岁的女孩子的身形一样单薄。这里所说的单薄就只是单薄这个词，因为就是这种单薄带来了异常的锋利和杀伤力。也正是因为这样的单薄，宁不远把那个年龄段的孩子独有的敏感、脆弱和绝望呈现得特别到位。在这部小说里，让读者从这种单薄的痛感中抽身出来的方式，是宁不远采用了十几年后的三十岁左右的成年女子的视角，成长和岁月所带来的有意无意的厚重和迟钝,把那道少年时期的寒光给收敛了,同时也推挡了当时不明究竟事后也不明究竟也无所谓究竟的所谓真相。她没有打算讲一个水落石出的故事。这其实就是青春的真相,青春就是完全搞不懂自己,完全搞不懂自己跟他人跟外界的关系,只有本能驱使的真挚、残忍和茫然无措。

在《莲花白》的后记里,宁不远坦承自己在少年时代有过被群体孤立的经历。那种令人窒息的冷暴力,我认为是《莲花白》中写得最为传神的一个部分。还有,什么都没发生就彻底结束了的少年恋情,也是小说中很出色的一个内容。这份恋情是怎样的一个伤口,宁不远在结尾部分一脚油门就给绕过去了,甚妙。

所以说,每个小说家总是从自己开始的。宁不远之后的小说,会逐渐离自己远去,但也会始终在自己这里盘旋。在这个过程中,为人处世周全完美的宁远可以借宁不远的笔疏通出一个透气任性的通道。这一点,对于她个人来说可能也是特别重要的。《莲花白》的后记写得好,她所说的"寂静的狂喜","一种浓度刚好的喜悦与稳定感",作为一个写作者,我很能理解这种情绪,那是一种独自完成的成就与享受,与他人无关,与外界无关,只跟自己的存在发生联系,很深,很透,很绵长。

说实话,写作者的内心状态跟企业家的内心状态差别太大了。这也是我对宁远的以后很好奇很关注的一个点。

前不久,和小远聊天,她苦恼没有更多时间专注于小说写作,她说,远家小伙伴们已经尽可能地给了她更多时间,把很多杂事都担负了，但是毕竟这么大一个团队，还是有很多事得她亲自处理。而她现在，最大的愿望是把自己埋在书房写小说。谈到最后，她笑了，说反正都会安排好的。我相信她会的，一如既往。

她们的美、才华、忘情和自由

写者和画者,观察途径其实是一致的,但呈现方式有所不同。前者通过相对抽象的文字,后者则绕开文字,直接以画面呈现,这中间有所牵绊但迥然不同。

作为一个写作者,一直以来我都对拥有另外的表达途径的创作者心生羡慕,特别是画家。画面的呈现不会比文字的呈现更为轻松,但似乎更为有趣。他山之石,于我就是熠熠生辉的宝石,我经常会在阅读绘画作品中去探究和体味(准确地说是揣摩和臆想)另一种表达方式的美妙。

在这个过程中,女性艺术家的作品尤其让我有一种心仪的意味。同一个性别,观察和描述这个世界有着某种共通的出发点,而这个世界反射到内心的投影也往往有着相同的质地和气息。所以,当我有机会成为艺术主持,并为这些艺术家的作品展作序的时候,是相当喜悦和荣幸的。

所有的艺术创作者,都有一个有关表达的困惑时期:我表达的这些内容,之前一直都有人表达且不乏表达得非常精彩,那我现在所做的这些，有意义吗？

这个问题也曾经相当困扰我。后来我明白了，当创作者心存杂念，意欲将"我"放置到某个序列某个位置来加以考察时，这种"幼稚"的发问就会油然而生。这几乎是每个创作者都会经历的阶段，但岁月、感念和不断因精进而提升的内心，会让达观——这个于艺术创作和个人生命都非常要紧的东西缓慢地进入体内，一种新的境界就会在面前徐徐铺展开来。这个时候，"我"这个东西小了，但结实了很多，从此，真正的自信和在创作中的忘情、投入、享受才会到来。

近几年来，我在成都，在"轻安"担任了"凝视"系列的艺术主持，也为"静草画室"策过展，至2023年底为止，近距离地接触了以下（以展览时间为序）14位女性艺术家和她们的作品，撰写了展览前言。

这些女性艺术家，都跟成都有着深厚的渊源，或是成都籍，或是定居成都。她们各有其风格，但共同之处在于她们都拥有出众的才华。更为一致的是，她们在运用手法和题材表现上，都已经拥有足够的自信去呈现她们自己的内容，从而让她们的作品拥有了一种自由的美妙气质。

1　罗敏：涩之粹

［"锦绘"（2017年7月9日—8月9日）静草画室］

罗敏这次以植物作为她的主题，菊花、玫瑰，还有一些零落的草花。

外表柔弱纤细的罗敏内里坚韧且强硬。这一点，作为她的朋友，我相当感佩。所以，这些年她笔下的植物，都多少呈现了一种粗粝的意味，在我看来也一点不奇怪。她的内在必然会对沧桑之美有特别的感悟和亲近，自然也有一番她自己的解读方式。

女性对植物有一种特别的感知途径，相当本能化，花的娇嫩与女性内心有一种质地上的联结。但在罗敏的笔下，花之娇嫩与艳丽的特质全然不见，她直接被枯萎打动，并着力呈现枯萎的意韵。这次她的作品都是这种气息，尤其是《金诗》这一组关于玫瑰的描述，笔触凌厉，意味遒劲，与"金诗"这个标题的华美构成了特别的冲突和张力。从这一点来看，有的时候，文字（标题）的进入和标注也非常重要，与画面或抗争或共谋，在某个深度达成冲击力。

读罗敏的"枯"，让我联想到日本著名哲学家九鬼周造所提出的"粹"。在我看来，"粹"是一种东方的高超的美学理念。

什么是"粹"呢？九鬼周造在提出这个概念后，归纳其表征时说，第一，媚态（美艳），第二，傲骨（清高），第三，达观（洒脱）。凡事凡物到达这三个境界，就是"粹"。

特别有意思的是，"粹"之"美艳"，并非日常生活对这个词汇的理解。我认为，在绘画中，抵达媚态的方式往往要回避对媚态的直接描述，在这种回避和迂回之中，将媚态悬置之后，傲骨和达观一并到达。说到绘画的色彩，九鬼认为"粹"的色彩无外乎灰（淡灰、银灰、蓝灰、红灰等）、褐（茶色）和蓝绿这三种色系，"能表现'粹'的色彩往往是一种伴有华丽体验的消极的余韵"，"它在肯定色彩的同时又隐含着使其暗淡的否定"。如果就这一点来说，《金诗》这组作品的效果（画面与标题）与"粹"的理念是相当贴切的。

如果我们将美学理念中的"粹"延伸来说的话，它让人觉得更为直观的滋味是"涩"。九鬼曾经就说，"粹"不会是甜的，也不会是苦的，不会酸，也不会辣；"粹"是涩的。他还进一步解释说："涩味在自然界中经常用来表示尚未成熟的味道，而在精神界中则经常表示非常成熟的趣味。"

在结局中反推，遐想过程，直面衰败，哀悼艳丽，进而有一种凌厉的勇气之美。一个女性艺术家进入了生命的一个新的阶段并拥有一种成熟的趣味和逐渐完善的个性的表达。我在罗敏的这些花卉油画作品中看到了这一点。

2　彭薇：山水和内心

["锦绘"（2017年7月9日—8月9日）静草画室]

彭薇的作品总是有一种特别的精致、灵动的趣味。

之前彭薇的"好事成双"系列中，那组在小白鞋内底所画的春宫图，是当代艺术作品中一桩装置与绘画融合的雅趣事件。我之所以称之为事件，在于其才华、学养、趣味、想象力和表现力已经突破了作品本身，对观者的艺术体验来说，有刷新之效。

到后来的"遥远的信件"这组作品中，彭薇对幽微人心的渗透能力和击打能力再一次呈现出来。时间和空间，这两个东西是最让人无奈的，人类所有的悲喜，放在时间和空间的背景中，就是一种永恒的终极的情愫。彭薇拥有高超的中国山水绘画的技能，她把这种技能呈现在画面上，巧妙地运用卷轴的手法，以"不相干"的西方文学作品的文字片段对应杳渺的中国古代山水，在作品中同时拉入了时间和空间这两个元素，让其作品有了某种难以名状的时空魅力。

在这次画展中，彭薇带来的是册页系列的《人生最美的事情总是免费的》和《我看到一些美好的事物》，还有就是《遥远的信件》装置作品。在这些作品中,古人的山水情致与现代生活相融合,比如其中一个册页上书写的是:"经不住低廉费用的诱惑,我准备去伦敦来一次短暂的旅行,你想跟我一起去吗?……"(1868年马奈给德加的信)跟彭薇以前的作品共同的是她现在的这些作品探究的还是人类生活的通感。几千年来,时间汩汩流淌,广袤的地球上,人们分居各地,曾经不相通闻,而今天涯比邻。但任何时候,在任何时间和空间中,人类的情感是贯穿的、交融的、一致的。在时间和空间这两个元素之中,人类渺小但又壮阔地哭过、笑过、爱过、活过,一代又一代。这种广阔的世界观和历史观,是彭薇在其精致幽微的艺术品质之中所传达出来的,令人动容。

3 周露苗:阳光下的僻静

["阳光下的僻静——周露苗素描展"
(2018年11月17日—12月31日)轻安展空间]

有一年的某一天,我在周露苗的画室,看到她正在进行中的一幅素描:那是她从屋顶露台看出去的景致——不是一般意义上的街景,是视线被重重建筑物挡住了的有限的景致,是高高低低的房

子。她在市中心的七楼作画，能看出去的景致不会太远，很快地就被更高的楼给阻隔了；而近处，则是露台上的空调外机和一片水泥地面……

说起来这幅画没有"诗情"也没有"画意"，但我被迷住了。这幅画，周露苗画了两年，不断地深入，再深入。深入这种行为一旦确立且成形，就会构成一种巨大的诱惑力，而被这种诱惑力牵引着前行，待一段时间后返过来看，它的作用力就已经完全不限于创作，它会修正甚至改变一个人内在的结构。这一点，我和周露苗深入地讨论过。

这些年来，周露苗和我经常讨论西班牙著名画家安东尼奥·洛佩兹·加西亚那些让世人惊叹的作品——宏观如俯瞰视角的由重重叠叠的房子所构成的马德里的城市景观，以及微观视角的他家里的卫生间。洛佩兹是一个逆时代潮流而行的画家，他从来没有把时间当回事，或者说，他太把时间当回事，对于他来说，一幅画画上个几年、十几年是一件很平常的事情，于是，他那些看上去仿佛是照相写实主义风格的作品，其实已经完全超越了所有关于绘画流派的定义，他以巨大的耐心、动人的毅力以及杰出的绘画技巧，把时间和空间之间的秘密和魅力呈现给了世人。

洛佩兹是周露苗非常尊崇的艺术家，她曾经远赴西班牙跟随洛佩兹短期学习过。她对他的尊崇是在人生观、艺术理念和创作手法上的高度认同。周露苗的很多素描作品，就有与洛佩兹同质的意味。这种同质，不仅在于题材和手法上，更多的是价值观上的同质，这里面融汇的是细致的笔触、不厌其烦的观看和一颗静谧的心。

周露苗是一位艺术家，同时是资深的艺术教育工作者，在成都文化圈里以教学体系的完整和独到为大家所熟知。她有着对世界艺术史的系统了解和对各个国家各个时期的艺术作品的深入理解，加上她本人在文学、音乐、哲学、心理学等多个领域的涉猎，使得她具有广阔且深邃的视野，在感性、理性和灵性三个层面穿梭往来，内心的景深，深远且跃动。我在她的素描中总是能够感觉到阳光，以及阳光下的僻静，像转过山脚猛然出现在眼前的美景，这里面有一种无声的饶有兴趣的观看，一种清淡的笑和一种隐秘的欢愉，就像周露苗本人一样。

4　朱可染：美让人悸动，虚无让人安心
［"朱色渐入　眉黛可染——朱可染植物水彩展"（2021年12月12日—2022年1月11日）轻安展空间］

枝、叶、花、果，迎着光看，都有一些纤细的茸毛，呈现出透明的质感，透明中跳跃着各种色彩。她们是天地间精灵的嬉戏方

式,是微物之神的显身之处。

植物是一种伟大丰富的存在,它覆盖、超越,但又亲切、温暖。我们人类想要定格它们,想要尽可能地描述它们,我们想在这些美妙的存在中去触摸永恒。

朱可染在做这样的事情,她提起笔,运气、凝神,把纸、水、色彩、形体、笔触、无法言说的爱慕和孤寂……一起融合、酝酿。她迎着光,用心智,用情感,用笔尖……去接近那些美妙的存在。

有一段时间,朱可染在午夜守在昙花前,等着这种孤僻的花朵绽放,然后她用画笔捕捉定格那些瞬间。现在,她把捕捉的时间扩散至昼与夜的各个时段,把花与果的种种娇媚种种沉着纳入她的笔下。她拥有凝视的耐心,也拥有凝视的才能。这样的耐心和才能,在她早期的关于昆虫的精细素描和后来的水云天光的油画创作以及这次的植物纸本水彩中,融合在了一起。

朱可染在之前的很多次展览中,多次使用"澄明可染""无色深蓝"这类表达,她的艺术追求和个人气质,有一种对无形之物的爱好。这次,朱可染用纸本水彩的方式来抒发她对花卉蔬果长久以来的爱慕,这些灵动的笔触之间产生了很多缝隙,这些缝隙是无形的,但其中蕴含着人们在语言之外的情感、秘密、念想和巨大的虚无。

美,让人悸动、虚无,让人安心。我想,朱可染想说的可能是这个意思。

5　曾妮：任其洗练，兀自斑斓

["兀自斑斓——曾妮水彩小品展"
（2022年3月27日—4月27日）轻安展空间]

斑斓，在于色泽。是颜色和光泽，是落花缤纷，是湿润的苔藓，是被覆盖的地貌以及地貌之下的岩层。每一个艺术家的视觉表达背后的丰富性，只有做一个剖面图才能呈现。

兀自斑斓，一方面是描述这次水彩展给人的视觉印象，另一方面也描述艺术家曾妮的个人风格。少女气质和充沛的感官化特色，在她是一以贯之，与年龄无关；所谓兀自，即内心的自信和自由。

曾妮是活跃在成都艺术圈多年的资深艺术家，有着公认的精良的绘画技艺。在此处的"活跃"二字，确为写实。容貌俏丽、性格欢脱，个人造型独特，绘画语言浓烈。历经岁月的种种洗练而始终能够保持作品风格和个人风格的鲜艳特色，曾妮拥有一种难能可贵的生命能量。

在我看来，曾妮与花的联系是必然的，与猫的类比也是必然的，有轻盈、娇媚、浓郁的享乐主义气息。她在色彩感觉上的出色，借由这次水彩展得以呈现；她把女红与绘画连接变通的灵气和才气，也在这个展览中加以呈现。

斑斓的同时伴随着倾覆的危险，犹如许多条道路铺展在眼前就成了出发的阻碍。把控这种局面，需要才华和独特的平衡能力。曾妮有这个本事。

在这些斑斓的背后，艺术家必然会有的那些幽微低沉的时刻，都被曾妮好好地掩藏住了。这也是她的本事。

6　董津金：快意清幽，一瞬旷淼
["甘甜微薄 好风入心——董津金'凉友记'小品展"
（2022年6月26日—8月26日）轻安展空间]

工笔是我们大家熟悉的中国画传统形式的一种，在细致婉约的线条和色彩中，渗透着画者的功力、耐心和虔诚，观者也于此跟画者心意交织情绪融汇。这种触碰仿佛微风来临的一瞬，快意清幽。

题材无所谓轻重之分，更无所谓价值区别。有的画者，倾向于细致工丽的描绘对象和表达途径，这是一种手法的呈现，更是其美学观的呈现，甚至可以说是人生观的呈现。

董津金赋予了传统工笔画新的姿态，她在根系清晰的传统之上,加入了她的解读、呈现和转化,因此也就具有了一种绘画语言上的当代性。她的姿态轻盈、柔和,不逞强,不聒噪,其轮廓、构图、晕染、勾画,处处都贯穿一种甘甜微薄的意味。时正盛夏,不妨想象一下一大丛盛开的栀子花,如果你是风,你怎么可能不穿越?!

我们如果要形容风,最好不过一句好风。好风所到之处,意境全出,意境全至,出与至,顺着别称凉友的一柄小扇,点拨拿捏,皆随心所欲。发端,指间,古代,现在,灵魂,肉身,哭之,笑之……各自奔逸但又各归其位,且适得其所。倏忽之间,白马过隙,一生也就是一瞬。在董津金的画里,如果感受了这一瞬,那么旷淼也就到了。

7 胡顺香:虚薄和徒劳

["徒劳而已——胡顺香'你是我最完整的废墟'系列水彩展2"
(2022年10月29日—11月29日) 轻安展空间]

胡顺香在其十来年的创作生涯中,作为一个艺术家的职业发展和作为一位女性的个体成长同步进行,出色的技艺基础之上,她作

品中的思考力度、表现强度以及哲学意味和文学意味，在当代青年艺术家群体中呈现得非常突出。

马塞尔·杜尚发明了一个复合词"inframince"，用以表达他的美学观念，这个词可以翻译为虚薄。虚薄并不呈现在事物单独静止的状态中，它诞生在事物发生关联的那些微妙的瞬间，这些瞬间可能很难察觉，甚至仅仅存在于想象之中。

胡顺香在"你是我最完整的废墟"这个系列的作品中，把人类情感关系中的纠缠、背离、痛楚和无奈，深入地探拽到了存在这一终极层次之中。简洁的构图，趣致的造型，灵动的笔触，巧妙的留白，柔度与力度的比例均衡到位，让她的这些作品拥有了虚薄的美学意味，充满了自由解读并凝神体味的开放空间，邀约观者进入其中，与自己的个人经验发生碰撞，从而获得观者自己独属的解读。

这次在轻安展出的"你是我最完整的废墟2"，胡顺香在其绘画语言中加入几何线条，其抽象、归纳、延展的形而上的意味更加明显，同时，同情心和同理心的表达也与画面的气氛贴合得更为丰富和妥帖，其中，我们可以读到作为生命存在的种种努力和种种徒劳。徒劳而已，在这样的认知的背后，是心如止水和安之若素的生命态度。这也可以说是对待人生一世的一种正解态度。

8　宋宛瑾：清音初啼

［"初音——宋宛瑾'有鸟的风景'系列作品展"
（2023年1月12日—2023年2月25日）轻安展空间］

据说，鸟儿在立春前后开始鸣叫，预示着春天即将来临。那清冽的啼唱，谓之初音。

这个时候，很多枝条还没有动静，即将萌发的嫩芽还在匍匐。没关系，初音清啼，就是甚好的开始。

这些枝条，在宋宛瑾之前的作品中也是常见的一个元素。枝条之间，是她以往作品贯穿着的意象符号——气球。

川西平原上特有的绿野与枯枝交汇的冬日风景中，那些红色或蓝色的气球飘荡在空中，鼓胀，空茫，脆弱又强硬。画面之中，存在感的抽移，情绪的缺失，人与物与风景之间并置但阻隔的疏离气息，让很多人都联想到超现实主义画家玛格利特，宋宛瑾的作品也因此具有相当明显的辨识度。在成都女性艺术家群体中，素来以丙烯作画的宋宛瑾，有着丙烯那种迅捷干脆的特点，落笔笃定，不容修改。

这次的轻安个展，我们又可以看到宋宛瑾的那些枝条了，但是，气球消失了，代之以那些精灵一般的令人怜爱的小鸟。这是艺术家成为一个母亲之后的充实和温存。在此，有微笑，在此，不做飞翔的念想，在此，可以遥望之后的种种景象。

由此想起罗兰·巴特的一句话，大意是说：你得到特许，可以是琐屑的、短小的、普普通通的，你有权利把你的所见、所感引入一种纤细的世界里，也许，你将变得深厚，也许以可能有的最小的代价，使你的作品变得充实。

9　吕康佑：左边永远是右边，而你爱我
["左边永远是右边——吕康佑作品展"
（2023年3月11日—4月15日）轻安展空间]

天生具有敏感体质的艺术家，无论是构图还是线条还是色彩，似乎都与生俱来有着一种孤独的意味。在吕康佑的抽象水彩作品中，在流动的线条和洇晕的色块中，这些孤独的意味甚为美妙，在与水的流淌交融之中，观者犹如浸入其中，肌肤的柔和触感在观看的同时一并发生。

艺术家在每个人生阶段通过作品释出的意味都有所不同。在人生角色更为丰富更为复杂更为愉悦但也更为艰辛的阶段，与他人的关系，与自己的关系，都不由自主地会呈现在作品之中。吕康佑也是如此，从相对纯粹的抽象走到现在，具象的张力隐藏在更大的解读空间之中，进而获得了更为强烈的抽象，其中情感的表达是强烈的，也是独特的。个人与个人，个人与他人，个人与家庭之间，个人与家庭两端，陪伴与独处，温存和孤独，左边和右边……在吕康佑的作品里，影子和实体、具象和抽象的转换腾挪相当迷人。左边永远是右边。

此次展览的主题取自伊丽莎白·毕晓普的诗《失眠》。毕晓普也是吕康佑很喜欢的一位诗人。在《失眠》中，毕晓普写道："进入那个倒转的世界/那里，左边永远是右边/影子其实是实体/那里我们整夜醒着/那里天国清浅就如/此刻海洋深邃，而你爱我。"

很多时候，爱和孤独的意味是一样的。

10　贾霞：夏日一只蝶，飞过我瞳海

［"瑕词——贾霞作品展"

（2023年7月29日—9月29日）轻安展空间］

2023年初春，被贾霞的一幅画定住。宣纸的红色底色上，笔墨自如游走，花朵恣意盛开，熟练精到的技巧之上，静谧安静的气息之中，有一种泼辣的任性，有一种恍惚的喜悦。

对于科班出身的水墨画家来说，这种任性和恍惚的感觉实在难得。这是对手上功夫的肯定，但似乎又有一种对于肯定的故意为之的挑衅。

由此进入贾霞更多的作品阅读之中。

贾霞的作品，画面中的元素十分丰富，器皿、瓶花、孔雀、蝴蝶、帷幔、蕾丝、书法、诗词、老绣片、善本残章……水中？空中？园内？室内？没有确定的场景，因为场景已经不重要。她把自己扔进了画面里，浮游其中，是对酌的饮者，也是瓶中的女人，是倒置的小船，也是船上不会跌落的旅客。是仙鹤的喙，也是灵鹿的角，是开在碗边的丛丛繁花，也是从瓶口斜开出去的一枝红梅，可以是陡然的一抹灰色，也可以就是漫漾其上的一个杯子。

经过几个月的精心准备，在这次的展览上，贾霞拿出了她的这批作品。我理解的水墨画的意趣在于水、色彩和纸张之间发生的各种偶遇。贾霞的画，这些偶遇竟然处处都是艳遇。但不执着，不黏滞，矜贵、温润、冷清、烂漫，飘飘荡荡，莫衷一是。是为"瑕词"。它们让我想起了日本俳人原石鼎的一首俳句，"夏日一只蝶，飞过我瞳海"。瞳海这个词是原石鼎自造的，非常奇妙。蝴蝶翩飞，印在瞳孔里，整个大海都在里面了。

11　梅子：寻找千利休

["寻找千利休——梅子作品展"
（2023年10月14日—12月14日） 轻安展空间]

与千利休的相遇对于每一个人都有不同的途径。比如，在我是从有关茶道和有关侘寂的文字开始的，在有些人，是在探寻茶道的过程中开始的，在梅子，是从一部叫作《寻访千利休》的电影开始的。不管是何种途径，到了一定的程度，就会汇集在许多寻常且细小的事物之中，斑驳的老物、黯雅的器皿、简朴沉静的独处时刻和内心光景，伴以春夏秋冬、花果枝叶的循环。这种时候，能否捕捉到一丝苔藓的香气？能否看到一朵山茶花开始绽放？

九月中旬，我在日本旅行时，出于有主持这个展览的缘故，专门去了一趟大阪旁边的小城堺市。堺市是千利休出生长大的故乡，千利休是堺市的名片，在这里有专门的千利休纪念馆。这也恰好应和了"寻找千利休"这个主题。

在纪念馆里，有等大复原制作的两间利休茶室，一间是早年（42岁）的，一间是晚年（69岁）的，两间茶室并置在面前，可以清晰地看到从采光到器具是如何从明亮和精致走向了幽暗和简朴，侘寂之"未满、无常、残缺、谦逊"之理念也在此凸现。我想，这种变化对于每一个会在生命历程中遇到千利休的人来说都有触动，由此体会侘寂之笃定、虚静、深邃和多维。

我一直认为，作为"物之禅"的侘寂，其核心是热情且充满力量的。在梅子的这次作品中，她的线条和色彩游走在具象和抽象之间，情绪与笔触交融流淌，观者由此可以感受到她的热情和力量。其中，最有意思的是梅子作品中的那种未完成感，仿佛每一笔每一个块面都有继续生长的可能性。这一点，恰是侘寂美学中的一个要素：所有事物，皆不完美，所有事物，皆未完成。一切都在变动之中，一切都在生成和消解的过程中。定格的就是瞬间，瞬间亦是定格。在这个展览上，观者与作品之间相对凝视的那一刻，当下就已完成，然后四散而去，无须探寻踪迹。

千利休认为："一旦理解了整体性，也就抓住了规则和概念中最纯粹的内在。如果你愿意，衍生形式可以被修改，以满足当前的需要。"对于这次展览的种种"寻找",可以由此借义。

12 欧阳雪竹：也许并非如此
["晶莹之蕊——欧阳雪竹作品展"
（2023年12月23日—2024年2月29日） 轻安展空间]

我们被欧阳雪竹的花卉作品所吸引，一方面是因为她作品拥有柔和且精美的气息，另一方面是因为她别致且固执的观看方式以及呈现方式。

植物是有智慧的，它们会以独有的方式与关注它的对象发生能量交换，云、雾、雨、雪与花、果、枝、叶，彼此之间有着属于大自然的秘密交往。而人对于植物的关注，则是另外一种秘密交往。

艺术家欧阳雪竹凝视着她热爱的花卉，这些花卉大多出自她自己的培育。她目睹了一棵植物的生长过程，然后用她的画笔定格在花开这个阶段。她的凝视构图，会让人联想到美国艺术家欧姬芙的花卉作品，那些既是微观的也是宏观的视角。当深入的凝视发生后，花瓣和花蕊相互交织，那些奇异的层次、色彩、肌理就会逐渐呈现出来。在欧阳雪竹这里，她捕捉到了晶莹的微妙。

约翰·伯格在《观看之道》中说:"我们从不单单注视一件东西;我们总是在审度物我之间的关系。我们的视线总是在忙碌,总是在移动,总是将事物置于围绕它的事物链中,构造出呈现于我们面前者,亦即我们之所见。"

晶莹这个意象,还在于欧阳雪竹的凝视间隔了一层玻璃。用透明这种方式,既获得相对全面的了解,但又拒绝了切身的触感。是一种什么样的获取保护的态度?又是一种什么样的潜意识里的安全感的缺失?其中的意味值得细细品味。

再一个意象是折射。花卉这个对象,用画笔呈现,这是一种折射;在画面上用画笔覆盖上一层玻璃,再一次折射;然后再用亚克力玻璃装裱,构成第三层折射。之后,观众的观看又形成一次折射。另外,因为一幅画会与周遭环境发生不同的反应效果,公共空间和私人空间的观看效果会迥然不同,这也可以说是另外的折射形式。这种层层叠叠的观看和呈现,有着一种迂回的美学趣味:你所看见的,也许并非如此。

13　陈薇：行笔荡荡

［"途画记——陈薇旅行油画作品展"
（2024年3月9日—2024年4月25日）轻安展空间］

对于画家来说，画什么和怎么画，一直就是刺激且折磨他们的问题。

对于艺术家陈薇来说，她很好地解决了第一个问题。作为一个旅行达人，多年来她有着丰富的堪称辉煌的域外旅行经历。不同的文化背景，不同的风土人情，不同的山川景貌，都可以给她带来新鲜深刻的体验。作家用文字写下游记，陈薇用画笔创作另一种形态的游记，在途，在心，在画面里。

画什么，不成为一个问题了，那么，怎么画呢？陈薇在这个问题上找到了一个支点，那就是夏加尔。一个艺术家找到了另外一个与自己同声共气的艺术家，真是一件幸运的事情。在"途画记"中，陈薇把夏加尔飘浮且烂漫的气质挪借到了自己的画笔下，而这种气质跟她本人在旅途中的感受相当契合，她铺陈式的描绘也在这种氛围中随心所欲、融洽得当，让观者既能从整体构图中获得丰满的喜悦，也能在画面的细节处揣摩并衍生出故事内容。

陶渊明诗曰，"遥遥万里晖，荡荡空中景"。我一直认为，对于旅行来说，这句诗堪称绝妙。旅行中，时空拉开，日常褪去，很多时候人会处于一种十分美妙的恍惚状态，不知道此身何在，今夕何年。人、物、景、幻想、沉思、回忆、触摸、白日梦、午夜惊觉……一并由色彩和笔触端出，天马行空，白驹过隙，悠悠荡荡，莫衷一是。这也是陈薇的"途画记"传达出来的气息。

14　吴奇睿：日常和内心的深处
["回甘生谧——吴奇睿作品展"
（2024年6月2日—2024年8月2日）]

清凉初夏的某一天，轻安展览团队探访艺术家吴奇睿位于崇州的工作室，进入她租住的那个农家小院，就被一种若隐若现的香气给吸引住了。这些香气，有的来自院子里那些盛开的花朵，有的是吴奇睿自己使用的香氛，它们混合在一起，构成了一种被创作被提炼之后的特别的氛围，自然之中另有一种沉淀，更为鲜明，也更为隐约，好像更简单，也好像更复杂。

我由此联想到一则艺术新闻。1618年，扬·勃鲁盖尔和鲁本斯合作创作了一组叫作《五种感觉》的油画作品，其中的一幅为《嗅觉》，丰茂的画面里，远处的森林、房舍，近处的维纳斯和丘比特，被以蔷薇为主角的八十多种植物环绕着。2022年，西班牙普拉多美术馆举办了一个关于《五种感觉》的沉浸式展览，其中一个内容针对《嗅觉》这幅作品特别调制了十种香氛，包括蔷薇、无花果、橙花、茉莉、鸢尾等。观众入场之后，在这幅作品前会被香氛包裹，以这种感知方式进入画面之中，几百年的光阴，白马过隙，不足为奇。

　　从嗅觉进而味觉的角度进入吴奇睿的画面，是一个有效的途径。在先前的工作室探访时，我们在观看吴奇睿的作品之前，就被香气给导引了。仔细捕捉之下，清丽的气味中带有一丝丝隐约的甜味，像酒、茶、咖啡的那一点点回甘。回甘是一种愉快的味觉体验，温存之中携带缥缈的遥想和怀念。那么回甘又能继续生发什么呢？环顾那个被吴奇睿收拾得相当简朴雅致的小院，花朵、枝叶、猫、狗、织物、家具、石板、台阶……由此联想四季的清晨、潮湿的雨后、偶尔起风的天空、缓缓挪动的黄昏光线……这中间有着一种跟艺术家的气质十分吻合的静谧。回甘生谧。

　　热带和亚热带的气味一定是不一样的，吴奇睿对于日常的态度郑重且深情，无论是成都崇州的农家小院，还是她攻读博士课程的马来西亚的学院，她切取的片段从嗅觉这个角度去感知的话，有一种空间腾挪的恍惚，有一种当下与瞬间的神性气质。她的色彩、笔触、构图，是独属于她的特别的观看和定格，通往日常和内心的深处，而深处，从来就是人与人之间真正发生的连接。

第四辑 他们在成都

何多苓：天生是个道家

2022年3月13日晚8点，何多苓个展"个人简史——学画记"在何多苓美术馆开幕。

这个展览持续两个月，展出何多苓1958年至今的珍贵手稿作品近两百幅，另外还展出他的有关创作的笔记本以及作曲的曲谱、建筑手稿等，所有内容均初次面向观众开放。

很多人在这个燠热的夜晚来到何多苓美术馆。何多（我们喜欢叫他何多）下午依然在画室画画，晚上到展览开幕现场，还是穿着画画时的一身黑色卫衣裤。气温高得不正常，只穿短袖都觉得很热，我问何多你不热啊？何多说，在室内还好，跑出来觉得热，管它了哦，只有wo起嘛（成都方言，wo跟捂的意思差不多）。

在现场，仔细地一幅一幅地看。那些从多年前延续至今的线条，那些神情动人的人物，变化中蕴藏着艺术家不变的核心和气质，灵气四溢，聚拢又飘散。参观到美术馆三楼的自画像那一部分时，看到那些年轻的何多，瘦削，敏感，眼神孤独又安然。何多也正好站在这些画前，我对他说，看这些自画像，可以确定你确实不是一个自恋的人。何多笑，好像是，要不是那时找不到模特，我都不得画自己。

何多有本访谈录，书名是《天生是个审美的人》。有一次聊天，我们说，下一本书可以叫作"天生是个道家"。不管这个世界如何变化，无论处于什么样的境遇，何多一直待在他自己觉得舒服的地方，心无旁骛。

这次展览，何多苓写了题为《艺术是幸福的》的自序，在文章的一头一尾，他说：

> 我已学画50年。这50年可以概括成两个字：学习。记得很久以前，我曾在一篇文章中写道，人生的幸运不外乎两件事：一、知道什么是最好的；二、知道怎样去达到它。至于达到这一目的的途径，有的人可能通过天才；我的体会则是学习，学习、学习、再学习，活到老，学到老。除此之外，我不知道还有其他途径。
>
> 学画五十年，有很多心得。有一条是，除了科学和宗教，艺术提供了诠释世界的第三种途径。它也许没有前二者的权力，但更能使人幸福。

很多年前，听何多说，他每天都要画画，至少每天都要"duo"（四川话，戳、画、写的意思）几笔，只有这样，"气才是连起的，不会断"。我从来叫他何多，其实心里一直是叫老师的。何多苓老师永不停歇的学习态度一直激励着我。我也想知道什么是最好的，而且我也知道，想要知道什么是最好的，必须通过不断地学习才有可能。

我跟何多有一个共同的爱好，对日本庭园美学很有兴趣。这些年，我每次到日本旅行，到寺院庭园去逛时，我经常拍一些照片发给他看。2022年，我出版了日本行走系列的第二本书，《深过最深之水——日本艺术行走随笔》。这本书的很大一部分内容，是关于日本庭园的探访笔记。我把电子版先发给了何多，我给他说，二十多万字，太费眼睛了，你翻一两篇就是了哈，等书出来再看。他说，不哦，我要好生看。

过了一阵子，何多为我的这本书写下了一段推荐语：

> 洁尘的新作《深过最深之水》以她一贯的细腻笔法，长期反复的现场体验和详尽的史料作业，探讨了如日本庭园这样一种人所共知、尽皆欣赏的文化课题。旅游者看到了庭园之美，而她的深究的目光透过表面直达最深处：日本庭园的本质是其重"场"而不重"器"的独特审美方式，这种方式对现代建筑和园林设计的影响是不可估量的。掩卷沉思，开卷再读……

非常开心何多对我的鼓励。我这些年在写作内容和写作题材上的扩展和深入，就是持续学习的阶段性效果。高强度的学习会很好地刺激好奇心，也能有效地锻炼脑力，进而维护高强度的学习能力。这是一种相互激励的效果。这一点,何多给我们大家做了榜样。

1 灰

要探究一个艺术家的缘起和生成,地理因素是不能缺席的。在中国当代艺术史文化史上,何多苓这个显赫的名字跟成都这个城市之间,究竟是怎样的一种关系?何多苓,自然是成都的一张名片,但成都对于何多苓来说是什么呢?故乡?是的。定居地?是的。创作和生活的基地?是的。还有什么?

为了写这篇文章,我对何多苓说要采访他。我以为我会问他很多问题,关于他与成都这个城市,应该有很多问题可以问的。我问他,成都对你来说意味着什么?他说,咦,这个嘛,一下子说不清楚呢。我说,打个比方嘛。他想了想,说,避风港吧,就是避风港。

突然我发现没什么多的问题可以问了。

我太明白避风港这个词对于一个成都人的意义了。可以说这个词本身就包含了一切。

避风港存在的意义就在于具有庇护这种功能。人生是需要被庇护的,艺术和灵魂是需要被庇护的。在这个朝阳且追求亮锋的时代,有的人,不需要那么多阳光,不需要那么多注视,需要的是偏居,甚至需要阴霾,需要一种远离喧嚣和喝彩的自在的呼吸方式。

何多苓需要这些东西。这些东西就是庇护，所有灵魂中对孤独、清冷有着需求的人，都会明白这种庇护的意义。此所谓阴翳之美。

2010年平安夜，在成都的"高地"艺术村落看画展，看到一幅名为《成都灰》的作品。我觉得这个词特别好。成都灰，一种高级灰，优雅、轻盈、温暖且忧伤；这种灰，往往是头天晚上的曲终人散和意兴阑珊之后，第二天拉开窗帘可以看到的；而头天晚上，聚之尽兴和散之落寞，那种滋味一路从酒杯洒向街头，然后带回家中，伴随着夜风，不冷，微凉，人生的分寸和幽微都在里面。

我一直认为，灰不是黑和白的混合，灰本身就是一种独立的色彩。就是灰，不是黑往后退一点，也不是白往前进一步。灰，自成一体，自给自足。

很多人都说，何多苓画得越来越灰，越来越薄，越来越透明。灰是成都最常见的天色，也是成都这个城市的味道。在灰的味道中，人是不会胡乱飘起来的，总是伴随着生命本身的重量，也带着日子里细微的点点滴滴的欢愉。在何多苓的画里，那种透明的轻盈的灰本身就是避风港。避的是什么样的风风雨雨？避的是过分的欲望、高强度的打拼，避的是比较、计较、逞强，避的就是胜负心。

我问过何多苓，除了他长时间居住的成都之外，他曾经居住过的纽约，对于他来说有什么意义？他说，纽约？纽约好啊。我问，好在哪里？何多苓说，因为它很像成都，既然它很像成都，所以我就离开它回到成都。

那我们来找找成都的元素。

诗人杨子对我说，他认为成都的文化是全中国唯一没有外省气息的文化，完全自成一体并有聚焦效果。我理解杨子这里所谓的外省气息，是某种欲与首都或中心比肩后产生的某种东西；从这个角度来说，成都文化的确是自成一体的，它是偏居的，同时又是安于偏居并傲于偏居的。成都文化的根本是精致的、颓废的个人主义，是享乐和冥想的混合物，是大悲观和日常乐观的结合体；在此基础上，它不可避免地会躲避凌空蹈虚和宏大叙事，回归到日常状态和家常气息中。所以，成都文化让人非常放松，放松到跟本性一致的地步。究其根本，这个城市从两千多年的道教传统中导出了一股活水，引导着滋养着在这个区域居住的人们不自觉地追求着自在和放下的人生境界。

成都人何多苓生于兹长于兹扎根于兹。成都文化最优秀的那一部分在何多苓身上体现得十分充分，那就是源于充分自信地有意识地躲避潮流，有意识地与流行保持距离。按何多苓自己的话说："本能使我对潮流和时尚有天生的免疫力。"

通观何多苓从80年代初期到现在四十多年的作品，虽然在不同的时期有所变化，但画面主体的孤独感和画家本人专注且深情的凝视感一如既往。何多苓说，"我的作品表现个体而非群体的人"，"我的画上几乎不会出现（或保留住）一人以上的形体"。是的，他的画很少出现两个人以上，几乎总是独自一人，或在一个建筑空间里，或在某个自然场景里。人物的面部表情或者肢体语言总是忧伤的。在我的印象里，我几乎没有看到过何多苓画过笑容。而且，他的人物基本上都是女人，孤单一人的女人，从婴儿（中性）到性别特征显著的成年女性，一概的神态寂寞，与这个世界有着相当强烈的疏离感。近年来，在我看到的何多苓的作品中，让我相当感动的是他画他母亲的一幅画。这幅画挂在他在蓝顶艺术村的画室里。画中，一位风烛残年的老妇人忧伤同时也是泰然地坐在椅子上，椅子的前面是一棵桃花。何多苓说，这是他母亲去世前他画的。从这幅画回溯过去，何多苓通过这么多关于女性的作品，完成了对生命由始至终、由盛到衰的一种独特的叙事，这中间的滋味，在我看来是安静且泰然自若的，是宿命的，也是自由的、神性的。

哀伤的、凝练的、敏感的，去意识形态化、去时尚，大宇宙观，神性的，浓厚的文学色彩。这一点，何多苓跟安德鲁·怀斯如出一辙。这一点，也跟成都文化最精华的那一部分重叠。2008年，何多苓以其作品《重返克里斯蒂娜的世界》，向怀斯庄重地鞠了一躬。

世界与内心究竟是一种什么样的关系？世界就是内心，内心就是世界。逐渐地，何多苓开始离开以高超技巧做底子的精细笔触，他在依旧写实的基础上逐渐有了自己写意的风格。近年来，何多苓面对着他画室的花园，画了大量"杂花"系列的写生，笔触灵动流淌，难以模仿也难以复制。但究其根底，他还是写实的，他写内心，写由他自己的视线看出去的这个世界，其他的东西，与他无关。这中间，他作品的神性和文学性从未离开过。

像我这样的艺术爱好者，都知道何多苓画得好，但其实说不出他怎么就画得那么好。内行说,在中国当代,像何多苓这样的有着高超技艺的画家很少了。我看过一个采访,记者问何多苓用不用枪手?他说,我怎么会用枪手?画画最愉快就在于那一笔又一笔的过程,我怎么舍得让别人去享受这个过程?!

欧阳江河在他的文章里说:"对何多苓来讲,技艺就是思想。他的创造力,他的自我挑战,他的刺激和快乐,全都来自他精湛的绘画技艺……当代艺术潮流断然认定,画得好本身就是问题之所在。所以全世界的画家们都忙着将自己的手艺抵押出去,免得它影响作品的当代性、观念性、大众性。所以,现在全世界数十万个在世艺术家中,真正称得上怀有一身技艺的画家已是屈指可数,我能数得出来的不超过二十人。活在这二十人当中,何多苓身怀幽灵般的绝技,像一个传说中的大师那样作画,愉快而镇定,言谈举止中带点老顽童的自嘲和忽悠,带点外星来客的超然,我想,他才不在乎我们是不是把他列入当代艺术的行列呢。"

这段出自何多苓老朋友的文字,很到位很传神。工匠的执着精细,隐士的冷静旁观,道家的高超散淡。这就是何多苓,出自成都的何多苓。

2 白

2018年大年初一,何多苓和其他一些老朋友在我家团年。酒足饭饱之后大家开始神说,我讲我"拿手"的星座和血型,何多苓照例对我的"伪科学"报以温和的嗤之以鼻。说到他了,他说:"我金牛A型,上升……不,老子就守着金牛,不上升。"

哄堂大笑。

星座玩笑话。金牛座真是固执啊,固执到坚决不上升。跟何多苓是很多年的老朋友了,开心大笑的时候太多了。他是艺术大师,也是朋友们熟悉和喜爱的老顽童。

我跟别人说过,何多苓是中国当代的达·芬奇。这话我没有对他本人说过,因为以他的低调和谦逊,立马会反驳我。就他的本行来说,他是中国技艺最好的油画家之一。而所谓达·芬奇之喻,则是因为在本行的顶尖之外,何多苓在各种领域里广博且深入的涉猎和钻研,按他自己的说法,就是有很多耍法——他是科学爱好者,是兵器知识专家,是不光喜欢大量听,还喜欢阅读总谱而且还会作曲的古典音乐发烧友,是作品数量不多但语感精妙的写作者,是资深诗歌爱好者,是喜欢高高跃起凌厉劈杀的羽毛球高手……他还有一个很来劲很认真的耍法——建筑设计。位于成都蓝顶艺术村的何多苓美术馆就是他的设计作品代表作,一座通体雪白的建筑。

何多苓在建筑上的耍法会是个什么样的呢?我知道他多年来精读各种建筑专著,对世界上诸多建筑大师的作品有过深入的钻研。行迹所到之处,建筑作品是他最喜欢的风景,也是他反复观摩的对象。曾经有一年,他还和家人们一起专门走了一趟"日本建筑之旅",在日本全境追看安藤忠雄、妹岛和世、西泽立卫、隈研吾等建筑大咖们的作品……

金牛座的较真和执着，在耍法里也是一以贯之的。

凡事专注投入，必有恋慕之果跟随其后。何多苓热爱建筑，进而跃跃欲试着手创作，然后，有了以通体白色的何多苓美术馆为标志的一系列建筑设计作品。对于一个油画大师和他的建筑设计作品，我想，一个人在他的创作中会有什么样的积累，其背后有什么样的基底，而这些基底会呈现出一种什么样的肌理和品质？我看到的是何多苓各种耍法的掺与兑，经年累月，一点点地掺，一点点地兑，到了最后，就是何多苓给我讲的他画画时的调色，"完全不用多想，肌肉记忆，瞄一眼，拿笔在几种颜色上触一下，上了画布后肯定没错，就是它。"

3 紫

跟灰的独立一样，紫也是独立的。在我的城市色谱里，成都灰和成都紫是并存的，前者是白天，后者是夜晚。关于成都紫，我曾经这样抒情："成都是什么颜色的？成都是蜀锦的故乡，所以有'锦城''锦官城'的别称，如果抓住这个'锦'的概念来说，那就是繁复和艳丽的，但这种繁复和艳丽的色度并不高，它不是原色的呈现，而是一种间色，它混合了儒与道、暖与冷、明亮和暗淡、乐观和颓废、入世和出世、感性和智性。而且，它具有明显的阴柔气息。这种颜色，就说它是紫色吧。在光谱中，色相的排序是这样的：红、橙红、黄橙、黄、黄绿、绿、绿蓝、蓝绿、蓝、蓝紫、紫。从暖色入手，一点点掺，一点点兑，最后有了紫。这很像成都。"

在画面上几乎从不呈现笑容的何多苓，总是笑嘻嘻地跟朋友在一起。

跟何多苓认识30年了。他说，我是看着你长大的。这话真没错。从最初有点怯怯地叫他"何老师"，到后来跟所有的朋友一样叫他"何多"。

我记不清跟何多第一次见面是哪一个场景，都是20世纪90年代初的事情。

一个场景是我去他在抚琴小区的家里采访他。那时我是一个在新闻界刚出道不久的文化记者，对新闻抱有强烈的热情，有点小机灵，但总的来说是懵里懵懂的。在何多的家里，进门坐下之后，身着白色短袖T恤的翟永明给我端来一杯茶，冲我微微一笑，然后她就闪身不见了。现在我完全想不起当时他家的样子了，印象中只有惊鸿一瞥的翟姐给我留下的十分惊艳的印象。我清晰地记得她的白衣和美丽的脸。

第二个场景是我和当时供职于四川日报副刊部的同行朋友、后来成为我先生的李中茂到钟鸣家去玩，何多和翟姐也来了。中午我们五个人去吃了火锅。那天，何多穿着一件黑色的皮夹克，沉默寡言，不苟言笑，席间只听得钟鸣的滔滔不绝。那天，翟姐梳着一条很粗很长的独辫子，微笑着，偶尔在钟鸣的长篇大论里插一句。

第一个场景是夏天。第二个场景是冬天。我一直认为我跟他们认识是先夏天而冬天，但翟姐和何多都说，是在钟鸣那里认识我的。

后来我对何多说过，早年我刚认识他的那个时候，有点怕他。他问为什么？我说很严肃傲慢。他说不是严肃傲慢，一是见生人有点不自然，二是那时可能有点刻（成都话，音kei，装范儿的意思）。我说，那时，领子都是竖起来的。他说，啊？真的啊？那就刻翻山了哦。

其实，我从来没觉得何多曾经有刻的时候。所谓领子竖起来的话是我逗他的。这么多年来，在成都文化圈里，何多顶着一头自然卷永远穿休闲装出入着。2010年底在成都举行的首届新星星艺术节，我作为主办方"艺术场"的朋友，专门提醒他们不要在颁奖晚宴的请柬上印上"请着正装出席"，在成都文化艺术圈，这句话是没有意义的。没有艺术家和诗人作家会专门穿上西服打上领带去参加一个活动。我并不认为这个习惯这个特色有什么值得表扬的，其实它应该在一定程度上被责备一下：实在是有点随意散漫了。但这就是成都文化，没有办法改变的；在成都人看来，日常舒适的着装状态就是最好的。

何多就是这样，他一直保持着日常舒适的状态。他从他的画室出来，火锅、餐厅、茶馆、酒吧，他跟其他的成都人一样，享受着成都的一切。泡吧时，给他点啤酒就行了，他爱喝；请他吃火锅的时候，记得多点黄喉就是了，其他菜都可以省了；周围写作的朋友都知道，出版了作品要送何多一本，他喜欢看，而且一定是很认真地看；和他聊天时，讨论科学问题他最高兴了，因为他是科学爱好者；和他聊音乐一定要小心，不能开黄腔，因为他的音乐素养很高；他不用电脑，手机短信就是他的信箱，但他居然会用复杂的作曲软件；他在三圣乡画室里有一个"小型影院"，有很棒的影音系统，他喜欢和朋友们在那里一起看电影；每每在"白夜"酒吧里到了夜深人少的时候，何多还可能和老友们一起翩翩起舞……中年以后的何多，随和好玩，他早年那种带有俄国贵族范儿的酷和清冷的味道已经褪去，他放松、自在，与自己的本性和这个城市彻底地融合在一起。夏天时何多的衣着最有意思。他有不少他的学生们送他的T恤，那些年轻人送他的T恤，上面都有很有趣甚至很卡通的LOGO，他喜滋滋地穿着这些T恤，脚上踏着一双按他的话说是"舒服惨了"的凉鞋，配上他那头越来越卷的头发和哈哈大笑，太招人喜欢了。有一次夏天的画展，何多穿着T恤加中裤来了，我对他说，何多，你的裤脚咋个有两个蝴蝶结呢？女式的哇？何多一惊，不得哦，学生送的，整我的啊？他转过身看后面的裤脚，果然。

我想来想去，找不到更合适的比喻，只能用一个过于烂熟的比喻了——他就像老顽童周伯通，武功盖世，但始终拥有一颗赤子之心。

但很多时候，我们还是能够看到何多背后的那个何多苓。他依然潇洒修长，他始终是清高的，内心有一种固执的骄傲，永远携带着一种忧伤孤独的气息。这种气息，在"白夜"酒吧夜深一点的时候他举起酒杯跟朋友轻碰一下时会渗出来,在瞥见他独自一人出现在街角时可以遇到,也在他的作品里面一直伴随着。有一年夏天的一个晚上,我和先生李中茂,还有另外一些朋友,在何多的画室喝茶聊天之后,晚饭去附近的一个鱼庄吃了一顿美味的鱼餐。回画室的路上,我们一行人绕着三圣乡的荷塘三三两两地走着。我们要回他的画室去看电影。何多说,有一部罗伯特·德尼罗主演的新片,他演一个无奈的老爸爸。这片子挺不错,他已经看过了,还想跟大家一起分享一次。那晚的月亮很大很亮,天光和水光交错着,荷花的香味若隐若现。那个时候,何多沉默地走在我的前面,不时地拂开路边垂下来的柳枝。我看着他的背影。我们大家经常跟何多在一起玩,也时不时到他的画室去玩。但那个晚上,何多的背影看上去特别奇妙。我不是第一次意识到,但那个晚上是特别强烈地意识到:这是一个大师!一个注定留名青史、被以后一代一代的人仰慕的艺术家!而现在,我们和他生活在一个城市里,我们和他共同热爱着这个城市,我们和他在一起度过那么多愉快的时光,我们和他是相亲相爱的朋友。这让我们都觉得非常幸运!

何工：高地和地图

1　何工的高地

2015年4月16日。洛杉矶西米谷。因为有时差,虽然昨天睡得很晚,但早上5∶00就醒了。

摁亮床头灯,灯光照在床头柜上我的旅行笔记本和一束小花上。白色和紫色的蔷薇,香气幽微。这是何农夫人姜涛的体贴。

头一晚,何工和夫人小叶到洛杉矶机场接到我和周露苗。因为沿途说话,不知道开了多久,到达何农位于西米谷的家。黑夜中,沿着车灯看出去,是路边的丛丛黄草,远处的地形看不清楚,只感受到山谷的逶迤之势。仿佛在山路上盘旋了好几圈之后,到达一个坡顶,何农立在门廊处的灯光里,后面是沉入黑暗中的形态错落有致的大房子。

有两年没有见过何农了。朋友们都叫他农叔。

在成都,我们一拨人时不时会到农叔的私人茶室去喝茶。他像所有的讲究人一样,对茶有一整套的规则、说法和仪式感。这几年，他没有回国，不知道在美国的这座房子里，他的茶是否还是那么周全齐整？

何家兄弟四人，名字带有浓厚的时代色彩，分别取名为工、农、兵、学。正好是四个兄弟，没有商。何工是长兄，何农行二。

何农笑着迎了上来，拉开车门，为我们拎下行李。感觉像是昨天才跟他一起喝过茶。工、农兄弟个头差不多，都不高，身形敦实，气质差别挺大，何工有一种飞扬又沉郁的感觉，何农则是稳重且儒雅的。兄弟俩有一个明显的共同点：见人都是憨憨地笑，很温暖。

成都的文化圈里，有不少人既是何工的朋友，又是何农的朋友。一般来说，先是何农的朋友，再是何工的朋友，毕竟何工是2003年之后才开始定居成都的。在成都，何农的朋友数量特别庞大。他从重庆考至南充师范学院中文系，毕业后分配至成都的川剧研究院，就留在了成都。之后，他下海当书商，然后开始涉足茶社、酒吧、酒店、地产等生意。让何农成为一个成都符号人物的是他开办了名噪一时的川菜馆"巴国布衣"。有一段时间，外地朋友来成都，问吃什么，他们就点名要吃巴国布衣，把它视为新派川菜的标志。

天马行空、任性潇洒、没有财务概念的艺术家何工和精明且成功的企业家何农，这对组合，好些朋友都说，工、农兄弟有点像是中国当代的凡·高和提奥。

随着何农定居洛杉矶，Temple city也有了一家巴国布衣。我在这家巴国布衣吃了好几顿，相当地道，感觉跟国内的没什么差别。

那天清晨，因时差睡不着，清晨5点过我就出门开始转悠。

远处的晨光已经开始弥漫，地平线一片艳红，回头看，一栋褐石建筑清晰地呈现出它的轮廓。意大利建筑风格，结实、古朴、典雅。昨晚已经听何农聊过了，这是他从一个财务出现危机的意大利裔美国人手中买下来的，在这个山谷，这个家连同周围的坡地，有120亩。因为位于坡顶，景观甚为壮观，山景和海景都在视野里。

正转悠着，何农从侧门出来，和我遇上，于是带着我开始转悠，沿路指点他地里的那些果树、花树，还说起即将兴建的一些项目的打算。活脱脱一个踌躇满志的地主。

早餐后，何工、何农、小叶带我和周露苗去隔壁参观里根图书馆，也就是里根的博物馆。他也安葬在这里。这个博物馆大量呈现了"冷战"时期里根的外交战绩，表彰了这位结束"冷战"的政治家的成就。其中有一个巨大的空间安放了他当年经常乘坐的空军一号。见到飞机实物我吓了一跳，啊，空军一号居然这么大啊？！就跟波音客机差不多。机头平视着远处的群山，整个场面颇具恢宏的气息，跟里根这种大政治家的气息十分匹配。

午饭后，我们一行四人（何工、小叶、我和周露苗），离开何农家，前往松山（Pine Mountain）。

前两年，在成都高地，就听何工说，他在加州也弄了一个高地。后来何工在他的丰田越野车的车门漆上：成都高地——加州高地。加州高地就在洛杉矶的松山。

在我们前往加州高地的路上，何工和我们聊起了成都高地的现状。高地所在的高饭店村已经被纳入拆迁范围，村上一部分人已经同意拆迁，有一部分人还扛着，为的是争取到一个更好的价格。不管怎么说，成都高地将不复存在。

说到成都高地，需要在这里闪回一下之前的故事。

2009年平安夜，何工打电话请我和我先生李中茂去位于成都城南的高地过节。之前去过几次高地，我们考虑了一下，在高地吃饭比较麻烦，得开车出去一段路，到附近的农家乐去吃。过节客人一定很多，招呼应酬挺是个事的。于是我们决定在家吃了晚饭再去，去参加他们的篝火晚会。

到了高地，我们这才发现，原来有食堂了！食堂名字很怪，叫"国际锅"。这个名字用四川话念，就跟"国际歌"一样。这个位于乡村的艺术村落的确有国际元素，除了何工，还有几位也是海归，另外一直都有国外艺术家在此驻留。"锅"呢，当然是吃饭的地方。

推开绘有圣诞树圣诞老人这些应景涂鸦的玻璃门，国际锅在开流水席。何工和何多苓、郭燕、曾妮、刘杰等人，正和好些艺术家以及何工的学生们围坐在一条长长的大木桌前大嚼羊肉。羊肉汤很香。我和中茂后悔，早知道，也来这里混饭吃了。

食堂有了！之前，有了宽带。再之前，电话线通了。再之前，画室前的池塘已经疏浚好了。何工看着池塘，想象着——西南可采莲，莲叶何田田，鱼戏莲叶间——如果有水草和垃圾怎么办？何工打算去买一个皮划艇用于清理工作。小叶跟我们说，这个人！就这么个小水塘，还买皮划艇？弄一大脚盆不就行啦！何工在一旁听了，想想，也是啊。那是2009年的夏天。当时何工的发型跟他的皮划艇想法一样古怪拉风。他不愿意去理发店，头发长了，热，就让小叶在他头上扣上一个大碗，然后沿着碗边把长出来的头发剪齐了事。

池塘之前，是画室的整理装修。再之前，是何工的学生们和画家朋友一个个来到这个小村子，一家家地看，谈，签合约。再再之前，是何工到处寻找建立工作室的地方。他有自己的想法，强调的是自然舒展的地道乡村风格。2009年4月，何农把他拉到高饭店村，何工一看，哦呀，就是它了。

我用了一连串的闪回叙述。因为真有点历历在目的感觉。何工和我住在一个小区里，我家窗口可以看到他家的屋顶花园，他家的萨摩耶和我家的金毛犬关系不错。他的"高地"梦，从一开头我就是见证者。他是个喜欢做梦的人，也是一个一定要把梦变为现实的人。

高地艺术村落，位于成都南边的高饭店村，在成都最高档的某别墅楼盘的背后。在满是楼盘广告的麓山大道跑上几分钟，右拐上一条乡村公路。路两边，低处全是果树，如果正当时令，可以看到枇杷和橘子、柚子挂果的样子。高处是在空中枝叶合抱在一起的行道树（我不认识那是什么树），于是这条路有了一个绿荫盖子。把这条路走穿，中间经过街上五毛钱一碗茶的茶馆和一些小商店、小饭馆，到了那片已经被三十几个艺术家和艺术学院的学生们租下的农民建的乡间小楼群落，就到了高地。

何工，人称艺术圈"老哥萨克"，自称是"赤贫的海归"。他1955年生于重庆。之后，跟同龄人一样下乡当知青。1978年考入西南师范大学美术系。1985年获四川美院硕士学位。之后赴美留学。从1987年开始，全世界到处跑，美国、加拿大、东南亚、中东，还有欧洲。2000年后在国内的时间比较多，2003年，何工担任四川大学艺术学院教授，之后，何工和我成了一个小区里的邻居。

我先是在各个画展上看到何工的画，然后认识了他夫人小叶以及他们家的三只狗，听到了关于"狗痴"何工如何爱狗的许多故事，然后再慢慢和何工熟悉起来。他跟我所认识的很多艺术家不一样，在聊天中，他呈现出来的面貌有着纯度很高的理想色彩和与生俱来的浪漫气息，两相交融，十分独特且动人。他这种气息，跟很多对市场操作和"成功"之道十分熟悉的艺术家相比，显得相当特别。我一下子联想到关于他的"老哥萨克"一说，就是这种味道，率直、硬朗、执着，还有点刻意为之的边缘化。

我喜欢听他聊天。跟调侃、打趣、享乐色彩和犬儒主义的流行话语风格完全不一样，何工的谈话内容中有着一种高浓度的知识分子的责任感和使命感。跟何工聊天，密度很大，质感强烈。借他在接受成都日报访谈记者孟蔚红的采访中所说，"选择艺术，近乎选择一种信仰"。他还说，"真正的艺术家，要自觉完成知识分子化这个过程。……要有知识分子的精神维度、价值观"。

这是一种令人尊敬的艺术理念和价值取向。

我知道，拥有高地之后，何工很开心。我还知道，很多个中午，何工穿着画画用的溅满了油画颜料的背带式工装裤就近去吃个便饭。有不认识他的农民会和他聊天："师傅，活路多哇？挣得到钱哇？"农民认为他是附近家具厂的油漆工。何工笑哈哈地频频点头。

2009年，高地开始建立的这一年，何工的状态相当不错，在国内艺术圈出场活跃，同时参与了多个展览，个展和群展。在"反光——当代邀请展"的展览前言中，我读到了何工的发言，印象很深，他在其中说："……今天的艺术不是粉饰的工具，也不是一个民族的文化标签，它展示的不是光天化日下那些光辉灿烂的伟大事物，而是隐藏在人们内心深处最隐秘、最脆弱的心灵伤痛。每一个时代都有自己独特的最隐秘、最无法碰触的心灵禁区，艺术家正是这些心灵禁区最敏锐的闯入者、最激情的体验者与最冷峻的评判者……本次展览旨在邀约那些深刻地碰触到我们时代最隐秘的精神世界的深具才华的艺术家，他们杰出的作品将构成这个幽暗国度最璀璨的反光，这样的光华也必定会让那个光天化日下阳光普照的世界黯然。"

现在回想去过好多次的高地，脑子里会出现好些有趣的画面，夏天天台上一次次的烧烤晚会，还有一次次"国际锅"的土豆饭、羊肉汤。

记得"国际锅"刚搞起来的时候，何工和他的艺术家朋友以及学生们把一面墙弄成了一个高地成员画像墙，用的是照片加绘画渲染的形式，其中有格瓦拉、卡斯特罗，还有何工、谢平、曾妮、王小双、方伟绩、唐宇、杨巍等三十几位画家，还有高地的几条狗，萨摩耶肖邦、雪狮子卓玛、土狗花脸BER等。墙上有一个人我完全不认识，问何工是谁，何工说是高饭店村的村主任，"把他贴在这里，他看了多高兴的，有事情也好商量。呵呵。"墙上还有一个只有脑袋没有五官的画像，我问何工这是谁呀？何工说："这是一个不晓得长啥子样子的偷儿，高地刚刚起来的时候他就来光顾了，我就把他画在这里了。"我笑："不管啥子方式，重在参与。"何工说："对头。"

后来，高地的一些青年艺术家陆续搬到了蓝顶艺术村或者其附近。蓝顶艺术村位于成都东面的三圣乡，是一个颇成规模的艺术区域，从一期的独栋带庭院的画家工作室开始，陆续又兴建了二期和三期的青年艺术家公寓，好些艺术家大咖都落户于此，比如何多苓、周春芽、方力钧、罗发辉、杨冕、郭伟等。围绕着蓝顶艺术村，在三圣乡这个区域，还有很多青年艺术家在附近的栀子街等地方租房居住。

因为这个区域规模大且艺术家集中，全国乃至世界范围的艺术家和艺术机构的负责人经常会在三圣乡穿梭往来，相比之下，位于城南的高地多少成了一个孤岛。

何工是完全可以将工作室设在蓝顶的。早在2003年，他刚接受了四川大学艺术学院的邀请回国任教时，一时没有画室，何多苓就邀请他共用他在老蓝顶的画室。后来，何多苓迁至三圣乡的新蓝顶，有了一个带有英式庭院的大画室，而何工则没有像其他艺术家那样选择蓝顶那个区域。他说，三圣乡那一片打造得太精致了，他还是喜欢更原生态更野一点的乡村景观，而高地则可以满足他的这个愿望。

对于高地青年艺术家的陆续外迁，这些年我没有听过何工发表过什么反对意见。我想他也是理解的吧，毕竟青年人希望拥有更多交往机会和交流平台。至于他自己的固执和孤僻，那是没有办法改变的。

从洛杉矶出发一个多小时后，到达松山的一个山区小镇。小镇的中心区域位于山谷中，四面抬眼观望，都是依山而建的一栋栋木制小楼。我们在一栋漆成朱红色的木制小楼前下车，加州高地（也就是何工的家）到了。

这个小镇叫作松山，就是因为四周山上全是松林。小镇的很多住户都是好莱坞的从业人员，有不少剧本写手住在这里，还有一些过气明星也落户于此。何工说，他听邻居说的，他家前面不远的一栋房子曾经是奥斯卡影后雪儿的家。

小叶又好气又好笑地告诉我们，如果依何工自己的意思，本来想买下美国和墨西哥边境的一个报废的牧场，一栋烂房子和一大片草原，还看得到边境铁丝网，偶尔会遇到从墨西哥那边钻铁丝网过来的偷渡客，何工打算跟人家说祝你好运。小叶坚决不同意买。退而求其次，在松山附近的一个辽阔的草坡上，有一栋农家房子要出售,被何工看上了。

这天的傍晚,小叶在家里做饭,我和苗苗跟着何工开车出去转悠一圈,翻过一道山梁,一整面广袤的大草坡和灿烂的夕阳扑面而来,加州特有的旱季黄草,麦浪一般在风中和夕阳里翻滚,我们不由自主地哇哇大叫起来。

何工是一个无法放弃他的旷野情结的人。但凡粗犷的景色,就会唤起他的温存和欢喜。何工指着草坡中被金黄的草浪和夕阳包围着的孤零零的一栋农舍说,洁尘你看,本来可以买那个房子的,好提劲哦。小叶整死不干。在如此浪漫的场景中我也保持一根坚韧的现实神经,对何工说,那房子怎么能买呀?!小叶肯定是对的。那是用来审美的,不是用来过日子的。

小叶最后同意放弃在洛杉矶城区内买房的打算,何工也放弃了他准备跟偷渡客说哈啰和坐在家门口每天欣赏草坡夕阳的打算,双方妥协,买下了松山的这栋木屋。两层楼,一楼有带壁炉的客厅和餐厅,还带有一个画室,三间卧室在二楼。一楼画室外面和餐厅外面都带有一个露台,房子的背后是一片斜坡状的松林。何工说,松林不能随便砍伐,但是,我可以在松林中间搭树屋,多好耍的。说着说着,他无比向往地嘿嘿笑了。

小叶平时在洛杉矶市内工作,何工更多的时间是在成都,松山的这栋房子就成了何工的"加州高地",他和他的艺术资助人一起,每年选择一些他看好的青年艺术家,请他们来到松山,驻留创作。

邀请异域艺术家驻留创作，是何工在"高地"系列中相当重要的一个内容。在成都高地，几年来就有十来位外籍艺术家驻留。其中好几位我都认识。有一个叫Nikki的意大利裔美国女艺术家，那叫一个美丽啊，艳光四射。后来我们走到纽约时，在切尔西和她又相聚了。有一个来自美国的黑人艺术家，叫威廉，和我们一起吃过火锅，一上桌他就是晕的，估计没见过这种热火朝天的食物。有人给他用漏勺捞了菜放进他碗里，他埋头吃，逐渐呼吸急促满头大汗，我们这才发现他把顺着菜放进他碗里的辣椒和花椒都吃了。还有两位外籍艺术家何工带来过我家，一位是韩国艺术家，一位是拉脱维亚艺术家。那次在我家，我和韩国艺术家聊天，各自费力地使用英语，双方都不太听得懂，但我们还是辅以手语起劲地聊着，旁听的拉脱维亚艺术家最后绷不住了，狂笑起来。说点题外话，英语这东西，我一见欧美人就怵了，说不出话来，但见到韩国人和日本人（当然得是英语不好的），我的自信就盲目地恢复一些，然后往外乱蹦单词。

何工还邀请过印第安纳州立大学的学生爵士乐团来高地演出，就在他画室前那片高饭店村民们跳广场舞的坝子上。一众洋学生在水泥舞台上吹拉弹唱，成都文化圈人士和高饭店的村民们站在坝子里一同欣赏，坝子的中央燃着篝火。那天晚上的气氛和味道混搭且美妙。之后，有村民遇到何工还问，何老师，那些吹号的外国人好久再来呢？

何工对我说，高地特别希望有更多的元素参与，你什么时候有空，挪出一段时间，到加州高地来写作吧。在此之前，我就知道成都高地除了艺术家，还有美国女诗人徐贞敏（Jami Proctor Xu）驻留了一段时间。徐贞敏是一个中文水平很高的美国人，可以用中文写诗，跟中国诗歌圈的关系也十分密切，翻译了好些诗人的作品。徐贞敏在北京居住过相当长的一段时间，经常跑到成都来，和我也成了朋友。2015年4月底，我们去了徐贞敏在旧金山的家。她以前经常对我说，你什么时候到美国来，到我家玩玩？真的也就去了。

在那趟环美旅行中，我们跟着何工去了他曾经驻留过的三个艺术营地：田纳西州罗本峡谷的汉白姬艺术中心（Hamburger center for arts）、新罕布什尔州的麦克道威尔文艺营（McDowell literary camp）、加拿大的班夫艺术中心（Banff center）。通过这样的探访，我明白了何工为什么如此执着于艺术营地的建造，为什么对他的"高地"理念孜孜以求。应该说，他漫游北美的开端，就是从艺术营地开始的。艺术营地一般都建于较为偏僻的地区，艺术家们既有独立创作不受干扰的个人空间，又有在集体就餐和休闲环境中的交流时段。这种艺术创作的氛围，这种带有乌托邦气质和嬉皮味道的生活方式，在何工年轻时就植入了他的血液之中，让他沉浸其中不能自拔。

2016年3月，高饭店村拆迁开始，很多艺术家陆续离开，迁移他处。何工将新画室迁至麓山国际一个原为会所的有着很高层空的两层小楼里。4月，何工新画室装修完毕（他的所谓装修，就是把原有的会所装修给拆了个精光，露出原有的钢筋水泥框架），正式搬迁。成都高地，这个何工的乌托邦艺术公社，被迫让位于现实，退场了。

2 何工的地图

2022年3月12日。下午的气温已经差不多30℃了。成都的花都开好了，何工的个展"地图"在麓山美术馆开幕。

麓山美术馆位于小山顶上。整个麓山，建筑风格有着浓厚的欧洲风味。何工把这里叫作梵蒂冈。在展览中，有他自己摄制的视频，故意采用有点模糊的黑白影调。在视频中，梵蒂冈的晨、昏、夜，都有一种陌生、忧伤、孤独的质感。

许多在春花烂漫阳光灿烂的下午来到展览现场的观众，来参观一个体量巨大但骨子里孤寒透骨的艺术家个展。

这是何工的一个阶段的告别展。这个阶段的时间跨度是二十年，这二十年，何工担任四川大学艺术学院教授，其间频繁游走在中国和美国之间，直至退休，即将返回美国定居。说是定居，其实只是换了一个落脚处。下一步，何工准备开始他的另一壮举，环球旅行。

在展览现场，我和何工、周露苗在2015年美国（加拿大）环行的那张地图前留了影。展览名为"地图"，其中的一个环节是展示何工许多次穿梭北美大陆旅行的地图，有的是手绘，有的是在地图上的标绘。2015年环美行的这张地图是何工标绘的，一张在美国买的原版全境地图，用白色和浅蓝色的色笔标绘出行走路线，并将驻停的地点写在地图四边的空白处。

转眼已经七年。

我一直有从文学角度写一写何工这个人的愿望。2015年的环美行结束后，陆陆续续地，有接近二十万字的文稿在电脑文档里。我以为自己很快可以写好这本书，但每次打开文档，都感觉它无法成为一个具有完整结构的文本。所谓完整结构，不在于外部，就像看待何工不能只看他那些令人惊讶且钦佩的旅行艺术行为一样。我的问题在于文本的内部。我无法把握他的整体性的精神结构。跟他的结构相比，我的结构太私人也太孱弱了。最为麻烦的是，我钦佩何工，但从不会要求自己去模仿和靠近他。我清楚地记得2015年那次高强度旅行带给我的强烈的撕裂感，以及对于很多东西在意义层面的怀疑。

我站在地图前思绪万千。那次壮阔广袤漫长的旅行，是我人生的一束强光，也是从个体角度来说一个辉煌的高光阶段。今后再也不会有这样的强光了。突然间，泪意汹涌于心。

2015年的环美行，何工正好60岁。2019年底，何工的个展"格格不入"在上海喜马拉雅美术馆展出。我和周露苗受邀前去观展。我以为，这个个展，我可以就何工这个艺术家做一个我之角度的阶段性的总结。看了这个展之后，我又凌乱了。这之后，经历了两年多的疫情。疫情期间，何工还是往返于成都的梵蒂冈画室和洛杉矶松山的木屋之间，测核酸、酒店隔离、居家隔离；测核酸、酒店隔离、居家隔离……到"地图"这个个展，我发现，这个人的精神强度依然那么强劲，表达还是那么严肃、浓烈，又夹杂着一些戏谑的成分。

近年来，我专注于日本文学和艺术行走随笔的写作。2019年出版了《一入再入之红——日本文学行走随笔》，2022年出版了《深过最深之水——日本艺术行走随笔》。后面这本书，2021年秋天我请何工为我写一段推荐语。在请求之前，我有点犹豫。在美学层面上反精致、反细腻，尤其是反小资的何工，对于我这本专注于描述精微虚静之境的作品，会有什么观感呢？出于友情来做推荐，会不会有点勉强？

做事无比认真的何工过了一阵子给我发来这么一段文字：

> 收到洁尘书稿时我正在穿越美国和加拿大去北冰洋的路上，当晚驻扎哥伦比亚河岸的一处房车营地，趁太太做饭我便读起《深过最深之水》来，不由得想起2015年与洁尘和苗苗自驾周游美国和加拿大的旅程。我故地重游，在拂面夏风中回忆过往，又让回忆随风飘散。洁尘虽是第一次登陆北美，却如数家珍地道来沿途的文学名人典故，同时不放过当下新鲜经验并详记下来，存入为日后写作建立的资讯档案。在以后的几个晚上不同的营地里，我随书稿中的站点一步步深入日本，让那股东瀛暖意抵抗窗外的北极圈寒流。读罢我感叹：洁尘爱日本，在那里她拼全了自己的东方镜像！

这本书中，洁尘一如既往地发挥了她的跨领域知识覆盖力，使知性与亲历无缝互融，细腻贴切的写真背后透出温和而强悍的主观评说。这一点让人想到，洁尘和苏珊·桑塔格越来越像一类人，无视甚至抗拒性别划界，具有进击性而又日渐虚无。深刻的作家都这样。

何工把我跟苏珊·桑塔格拉在一起说，是他对我的期许。我也非常钦佩桑塔格，也跟何工聊过，还聊过萨义德、以撒亚·柏林、齐泽克……他们都是我感兴趣的思想家，我读过他们的书，但我很少在自己的文字里把这些阅读痕迹呈现出来，说老实话，我觉得我没能很好地消化这些内容。但仔细想想，我所拥有的一些精神结构框架材料的好些质地，确实来自他们。

也来自何工。我平时称呼他总是直呼其名，何工。但在心里，我总是这么叫：何工老师。

钟鸣：时间和空间以及那个年代

钟鸣在其作品《涂鸦手记》中有很多好段落。其中的两个好段落：

书就是这样一种亚热带雨，带来翠绿色的鬼鬼祟祟的穿山甲，淅淅沥沥落在书架上，渗透空气，用纤细的声音叙说自己付出了多少劳动。正是这点，决定它会在什么时候让人心疼。

地平线上耸立的大石椅，上面又有一把小木椅。我们究竟坐在哪里心里更好受些呢？空间问题一直悬而未决。

这两个段落是触动我的那种文字。像被轻轻蜇了一下，被某种"纤细"的东西，随即有一种"纤细"的痛楚。在我读来，这两个段落分别讲的是时间和空间的问题。这也是所有问题包裹着的最核心的两个问题。

2009年出版的《涂鸦手记》与钟鸣前面的三卷本大部头随笔

《旁观者》，中间隔了有差不多十年的时间。可以给一个"十年磨一剑"这种随手拿来的说法了。这是从出版的角度来说的。十年，是时间概念，一头一尾的两个大部头，《旁观者》和《涂鸦手记》，是两把"椅子"，占据着空间的某一个点。这中间，钟鸣有一部总结性的自选诗集《中国杂技：硬椅子》出版。又是"椅子"。

之所以说是"回归之作"，跟钟鸣这些年有意识地规避"文坛"有关。从90年代末期开始，钟鸣的身份已经很复杂了，在诗人和随笔作家之后，他更活跃和显著的身份是博物馆策划人和古董收藏家。有人说，钟鸣离开了书房，下海了。其实，钟鸣从来没有离开书房，从来也没有离开写作，他只是离开了所谓的文坛。他规避了很多外在的东西，这种规避使得他的写作最大限度地保持了他自己的特点，也相当有效地避免了写作的同质化。

对自己的写作品质有要求的写作者，我想，看《涂鸦手记》都有一种特别的钦佩吧。它的密度，它的阅读积累，它的纵深度和广阔度，都会触发写作者自身的许多思考。关键是，它又是那么古怪和别致。它的用语、遣词、行文方式、思维向度，都跟当下的各种文体有相当的差别。它涉及当下的方方面面，但完全不流行，古雅又放肆，端素且调皮。在当下语境里，不知道该在哪里搁放它，不知道该如何给它分类，如何给它贴标签，它有一种不合时宜的派头，让人尊敬，但也让人有点不知所措。对于钟鸣在当代汉语文体上的独特贡献，有好些学者在研究着。2022年，敬文东编著的《记忆诗学：钟鸣研究集》出版面世。

钟鸣是很高傲的。很多人，他觉得不屑于在一起玩，他不愿意浪费时间。他因他的高傲而孤独，大多数时间他就跟自己玩。他在自己玩的同时，拥有了一套自己独特的观察角度和言说方式。我跟钟鸣是已经交往三十年的朋友，对他的印象，直到现在我还是觉得颇为云遮雾罩不知深浅。一方面，他比我年长很多，我一直叫他"钟哥哥"，对他始终有一种兄长般的敬畏感；另一方面，他的确复杂。他敞亮，但又回避；直率，同时也晦涩。为人如此，为文也如此。他有天才级的才华，孩子一样的赤子之心，同时，他有一种特别隐秘的、针对这个世界特别精到有效的老谋深算。

时间和空间，对于任何人来说，都是悬而未决的问题。这是生命中无解的困境。文学的作用在于，像钟鸣那样，讲出"什么时候让人心疼"以及提出"我们究竟坐在哪里心里更好受些"，就时间和空间这两个问题来说，也相当到位了。

很长一段时间，难得见到钟鸣。知道他在搞他的古董生意和博物馆事业。他到处跑，日子过得忙碌但惬意，还自食其言地长胖了。钟鸣早年很健美，并自信会把这种健美保持下去，再加上当时不喜欢几个胖子，于是写了一些讽刺胖子的东西，其中最有名的一句是："胖子听不懂词。"我记得当时他还对我说过："什么是最恶劣的事情？一个胖子举着一枝梅花招摇过市。"知道他胖了后我还想，那么喜欢梅花插瓶的钟鸣怎么把梅花从花市弄回家呢？

有评论称钟鸣是"中国写作界仅有的两头巨型动物之一：文学

猛犸"。据说另一头巨型动物是"文学恐龙"朱大可。这说法很有趣，我喜欢。把钟鸣比作动物是很贴切的，对于写过《畜界·人界》这本奇书的人，用他最擅长的动物隐喻来对待他，是一种赞美。这几年来，钟鸣越来越鲜见于各种场合，真有点巨型动物的特色了。而猛犸对于他来说，也对吧，稀少的、绝迹了的。

我很怀念20世纪90年代中期成都的写作氛围。那时我很年轻，又有交游的热情，四处采气，是一个优秀的文学女青年。钟鸣对好学的青年是很赞赏的，愿意"补"点气出来，加上他和后来成为我先生的李中茂是好友，于是我得以经常跟着中茂到钟鸣家听他说《聊斋》，还总是顺便蹭一顿他拿手的臊子面。那时的钟鸣在专心写他的三卷本大作《旁观者》。他上午写，晚上看书或看碟，下午呢，一般来说他出去玩。他经常去看电影，总是在电影开始之前，跟一帮十来岁的小孩一起挤在门厅的游戏机前又喊又叫地打一局。他看电影尤其是破电影经常流泪，按他的话说："老子经常被一些庸俗的情节搞得泪流满面。"他还经常去淘碟，那时常去的碟摊在春熙路夜市上，他挎的那个大包容易被人误会成流动碟贩，时不时有人低声问他："师兄，你有没有'生活片'？"我在那时就和他是碟友，如果他对我说，"这片子，妈哟，大怪癖！"我就明白这片子很值得一看。那时的钟鸣，有很多无厘头的精彩言论，其中很著名的一个段子是说有一个文学女青年问他："你为什么那么有才华？"钟鸣脱口而出："那是因为我洗脸和洗脚用同一条毛巾。"那时，柏桦也经常去钟鸣家。钟鸣藏书之独特之丰富是出了名的，于是柏桦去一次他家,就偷偷"顺"几本书走。后来钟鸣发现了,跑到柏桦家质问。柏桦咬死不承认。于是钟鸣搜,指着搜出的书问:"你怎么说?!"柏桦毛了:"没什么好说的。你要把这些书拿走,我就和你绝交!"钟鸣颓了。他也有颓的时候?!

记忆中钟鸣装修他在川工报的宿舍的时候就很少见到他了。那时我正忙着哺育小儿。我生孩子那天,钟鸣是第一个跑到医院来探望的朋友,他送了我一大束鲜花和一套非常漂亮的婴儿用品。中茂去参观过他装修后的家,回家来说钟鸣把浴缸和厨房操作台连在一起,可以一边洗澡一边炒菜,而且,那浴缸和操作台齐着阳台边沿,下面行人走过的时候,可以抬头欣赏二楼钟大师健美的上半身。我一直很想抽空去看看钟鸣的创意装修,但就在这个时期,钟鸣开着他的吉普开创新事业去了,然后,听到他发达的消息,然后,听到他搬到郊外豪宅、吃饭用明代瓷器的八卦,然后……钟鸣似乎真的隐退了,作为成都的一个传奇人物从人们的视野中消失了,只是,作为一个巨型动物,他的脚步过于轻盈了,我们没有怎么听到动静。

后来再看到他,是在"鹿野苑石刻艺术博物馆"。这个博物馆筹建于2000年初,由刘家琨担任建筑设计,钟鸣负责馆藏内容。奠基的时候还搞了一个颇为热闹的仪式,成都文化界、媒体界的一大帮人都去捧场,还吃了一顿好吃的伙食。我另外有事没去成。据其他朋友介绍,那地方,上风上水,颇有灵气,一看就是块宝地。我是在"鹿野苑"已经声名大噪之后去的,那天,钟鸣领着我们进

"鹿野苑",先就指着河水说:"上风上水哦。这就是成都的饮水河。也就是说,我在这里屙泡尿,你们全都喝到了。"钟鸣指着那些石刻对我们说:"这些东西,让我跑了四十万公里,跑坏了三辆越野车。"跟着钟鸣参观完后,大家在草坪上晒着太阳,喝着茶,舒服得想睡过去,面带微笑听他讲正在策划的其他博物馆的设想。也许我们大家的笑容太惬意了,钟鸣突然说:"你们以为我就真的走开啦?哼哼!告诉你们,放了好多人一马了,老子今年要重新开始写作了。书房都已经重新装修了,哼哼!"

我之所以说怀念以前的写作氛围,那是当年大家在一起真的就是只谈文学,谈读的书,谈打动了自己的文字,谈手头上在写的东西。那些个在游泳池边、火锅店里、滨江路露天茶座上的谈话,全是这些东西。现实生活完全让位给文学了,我们都在过着一种虚构的生活,努力让自己成为一个虚构的人。我们曾经那么激动,那么纯情,那么临空蹈虚,还有人吼道:"十年之后见分晓!"听的时候哂笑不已,而今十年早就过去了,想来却有点感动。分晓见与不见倒无所谓,怅然的是,现在谁还会这么说话呢?

现在,每年总要见上几回钟鸣,一起吃吃饭喝喝茶聊聊天。他不胖了,身体健康,精力充沛,还是很忙。他已经变得相当慈祥了,很多话题他呵呵一笑不予置评。去年我去参观了他的新居,书房还是那么浩瀚阔气,几面由地至顶的书柜,塞满了奇书异籍,不是一般尺寸的超大书桌,桌上若干台电脑,巨大的显示屏,还有打印机、复印机,阵仗还是那么大。钟鸣爬上梯子,把他收藏的那些奇怪的大书搬出来放到书桌上翻给我们看。真的很高兴钟鸣还在写。我周围朋友中有很多有才华的人，但钟鸣有所不同，他真的是个天才！一个诡异、博学、迅捷、闪烁的天才。现在，我也经常真切地感慨：在我的青春期里，钟鸣曾经给我过那么多关于文学的教益和那么多关于他自己诙谐的故事。而我，青春期也早就结束了。

刘家琨：建筑之外

2014年5月8日的下午，成都白夜酒吧举行了刘家琨新书发布会。他的小说《明月构想》由磨铁图书公司的"铁葫芦"品牌出版上市了。刘家琨是国内超一流建筑师，这个很多人都知道，但很多人并不知道，早在20世纪80年代，刘家琨是以小说家的身份出道的。80年代后期，我是一个中文系的学生，在图书馆的一份文学杂志上读到刘家琨的短篇小说《高地》，相当膜拜；有同学告诉我，这个叫作刘家琨的作者，是一个学建筑的，听说长得超帅。我当时就想，哇，建筑？理工科啊！理工科生成为小说家，文理打通，那就是大牛人，居然还超帅？！……好想认识这个人。

后来，居然跟这个人成了朋友。

到了90年代，刘家琨把笔一扔，离开文坛回到了建筑师的行列，很快声名鹊起，成名作是鹿野苑石刻博物馆，得了好多国际大奖。虽然在建筑师这个行当越来越忙且越走越高，但其实他的笔也没有完全扔掉，偶尔也写一写，因拥有出众的文学品位和天生的语言才华，出手不凡，比如写于1996年的小长篇《明月构想》。这部小说被称为"中国当代独一无二的反乌托邦小说",讲述一个男人想凭一己之力建造一个人间天堂,直至最后,被这个人间天堂毁掉了一切。这部作品有着相当迷人的智力元素和职业元素,有着冷静睿智的视角以及凝练简洁的叙述语言,在圈子里传阅之后,获得一片叫好声。我很喜欢家琨的这部小说,阅读之后,再读他自己关于这部小说的创作理念,就进一步理解了这部以建筑为外壳的作品内含的世界观和价值观。

刘家琨说:

> 建设一个新城,是这部小说的原故事。但是小说需要很多细节,只有写自己最熟悉的那一部分,才能把它写得有血有肉。所以我只是把建筑作为它的原故事,而不是一个关于建筑的解说。它的核心其实是关于革命,是关于乌托邦和日常。
>
> 因为写小说还是要抓住自己的特质,要是明摆着有建筑这么一个特别具有社会综合性的知识,不用其实蛮可惜的。我也写过更纯粹的跟建筑没什么关系的小说,但是在写带有社会学内容的小说时,建筑学肯定是一个合适的原故事和外壳。
>
> 一个人对一件事情感兴趣,是有很多复杂原因的。我喜欢文学,也读诗歌和散文,身边很多诗人朋友。但我没有写诗,而是选择了写小说这种表达方式,这也许跟做建筑也有内在的相似性,它们都要虚构一个现实,构造一个比较完整的世界。
>
> 小说有时候提供一个场景或阶段,读者自己会有一个取

舍，这就让更多人的参与进去，可以重新建构这个故事。小说和建筑一样，一旦完成了，其实还是处于一个初始的状态，还有很多可能性仍然在发生，它可能会激活另外一些事情的发生。

所以，可能是"虚构现实"这个出发点，使我对小说感兴趣，同时，也使我对建筑感兴趣，这也算是两者的一个结合点吧。

当年，他听了各种叫好后，就把小说扔在电脑里不管了，继续忙他的建筑。这部小说在《今天》杂志上刊载过，但没有出版。从2012年底开始，这部小说开始周转在一些出版机构之间，最后落户磨铁。别人问他为什么现在才出版，他说，想起了噻。

那天白夜的新书发布会，由翟永明主持，马原、何世平、何多苓、欧阳江河和我做嘉宾。都是家琨的老友，大家轮番狠夸，真心赞美，但以酷著称的家琨实在招架不住，一点点萎下去，最后奄奄一息。那天的场景照片上了微博和微信朋友圈，不在现场的人都纳闷：看他那表情，哪儿是在被表扬？简直就是在挨批斗。女友孟蔚红全程在场，十分感动，说，朋友们都好宠爱他哦。就是这个词，宠爱。

那天晚饭我和翟姐聊天，说，看看我们是怎么对待他的，而这么些年他又是怎么对待我们的！哼哼。

感觉上和他认识一万年了，早忘了是怎么认识他的，他跟初次见面的人比较客气且生疏；后来熟了，朋友就开始经常领教此人的毒舌。2007年，我跟翟永明去峨眉电影频道去做一个推介电影的栏目，翟姐和我轮流主持。我跟翟姐在拍的时候就紧张得很，等到播出的时候，心里更是慌得不行，遇到老友们就希望能多得点鼓励和安慰。第一期开播后隔了两天到白夜，遇到的每个人都在鼓励我们，相当安慰我们脆弱的心理，但家琨一来就说："嗨呀，你们两个啊，嗨呀，恼火哦，简直就是夺命狂花的嘛……"看我跟翟姐一下子就颓了，他心软了，又找补着说，小翟还是进步大，那年人家来拍她一个专题片，有一段是拍她在树林里散步，拍出来一看哪儿是散步嘛，那是在——他停下来不说了，我和翟姐追问，是啥子呢？他眼睛一瞪，那是在鼠窜！

其实，没有人跟他的毒舌计较，因为他其实是认真。他是一个非常认真的人。建筑师，盖房子的人，没有认真严谨的性格，这事做不了，更不可能做得如此出色。他轻易不夸人，要么不说，要么实话实说，所以如果能听到他说什么好，那就是真好，不是漫应敷衍。他读书极多，而且还读很多小说，跟他聊天时，他一听到感兴趣的小说名和作家名，就掏出手机赶紧记上。电影也看得多，有好些生僻的东欧电影，我都是从他那里知道的。白夜诗会是白夜酒吧的传统，一般都是台上读诗，台下喝酒聊天，闹哄哄的，家琨对此颇不以为然，几次对翟姐提出意见，希望整顿白夜的作风，希望诗会能够典雅庄重一些。

熟悉家琨的人都知道，他除了酷、毒舌，还是个擅长冷幽默的人，有的时候还很喜剧。

他本来是星座白痴，从我这里知道他是双子座，就问双子座好不好？我说好啊，绝顶聪明、口才好、人群焦点，等等；后来他跟女孩们吃饭时就很得意跟人家说他是双子座，女孩们的反应是：啊？！……双子座……其实还是……多好的。他回过神来找我理论问咋个回事，我告诉他，十二星座里，双子座在感情方面口碑不太好，喜欢欲擒故纵、欲迎还拒。他若有所思地说，嗯，是有点，亲者疏，疏者亲，但这有啥子嘛？！

他有很多金句，比如："这个天太闷热了，像被一个胖婆娘死死地抱住。"大家一起在KTV里面听邓丽君，心里舒坦，不知道该怎么感叹，家琨在一边点评："邓丽君就是'化渣'。"他经常被他的死党、摄影家张骏抓拍各种怪眉怪眼的神态，有一天终于反抓了一张，强光下张骏五官全无，只有发际线熟人一眼就能认出来，他喜不自禁，连声说："整到了，这张整到了，眉清目秀的……"有一年年末，某媒体通知我去领一个跟时尚有关的奖，到了现场，发现家琨也领奖。我和他拿着奖杯，站在一起拍照，他在我耳边嘀咕，咋个会得这个奖呢？！好错乱哦。有人乱喊，金童玉女哦，他又嘀咕，啥子哦，应该是金叔玉婶。从此我跟家琨就有了这个江湖诨号。那天在白夜他的新书发布会后，晚饭时他喊我，来来，玉婶，合个影。他冲着张骏的镜头吼，举高点举高点，从上边拍下来，脸小。他的确时尚，啥子都晓得。

不过，他的时尚显得比较恍惚。前几年在白夜，他嘟囔道，我们工作室的那些女娃儿喊我去把头发染一下。我问，染黄啊？他说，嗯。我说，她们整你的。他说，哦。有一次他在微信朋友圈发了一张画上胡子的肖像，问大家留胡子好不好？然后自我小结道：女的一般都反对，男的一般都支持。我留言说：男的都是整你的。他回复：哦，这个要注意。

但我一直觉得他的恍惚是装的，他真的啥子都晓得，这么多年来，他自我管理十分成功，成功地从一个帅哥平稳过渡到一个帅叔，外形相当稳定。我这两年苦于体重不稳定，有发福之危，家琨支招说，只要忍住嘴，一点问题都没有，学我嘛，过午不食嘛，如果实在不行，那就过五不食，下午五点的五。我觉得他这回说得有道理，于是听了一部分的劝，晚饭吃得早且吃得少，果然就把体重控制住了。

后来我又被他损了一次。几个闺密跑到西班牙度假，我因为有一堆工作，犹豫了一下，没去成，每天在微信上看到她们嘚瑟各种美照，又悔又馋，只好拼命工作，平时一天只有一千字工作量的我，居然那些天一写就是几千字。深夜在路边跟张骏喝酒的家琨，在微信上看到我的嘟囔，给我留言道："劳模，该碎觉了，明天还要早起写神曲的嘛。"

2019年春节大年初一，这天从下午起，在成都的一拨老友在我家聚会，欢闹一场。夜愈深酒愈酣，分堆欢闹，伴以"著名中华田园歌手"高亢的歌声。在十分的嘈杂中，家琨跟我各自盘腿在椅子上对面而坐，聊起了写作的话题。家琨是高人，经常只言片语点我的穴道，这次的交谈令我印象特别深，原因在于谈话主题跟周遭环境太违和了，仔细想想，似乎也很契合。

家琨说，你需要通过其他的撬点来撬掉你写作多年形成的习性。这个撬点不能来自文学，那太同质了，需要一些异质的东西。我说，我已经意识到了，这些年对禅宗很有兴趣，也在学习中。家琨说，禅宗对你而言很好，但那是你顺着走就会遇到的东西，你老往京都跑，喜欢坐在京都寺庙的回廊上望着庭园，你一定会遇到禅宗。你还需要逆着走，还需要另外的不同质地的东西。我说，我对建筑越来越有兴趣。家琨说，建筑是对的。建筑于我是一种熟练，是一种习惯的范围，但对你来说是撬点。我注意到你写谷口吉生的铃木大拙馆，从入口进入，以为每个空间的移动是朝上在走，但最后到出口才发现其实是一个平面。这一点非常好。

我很开心。在《一入再入之红》中，我对铃木大拙馆的写作，我最为在意着力但故意蜻蜓点水的，就是这个平面的出口。家琨兄注意到了，这是一个建筑家的敏感，也是一个作家的敏感。在他的创作中，建筑和文学彼此撬动和刺激，想必是一种相当带劲的脑波激荡。

这次谈话过了一些天，家琨给我发来一本书的封面，是一个当代作家的作品，大概意思是音乐改变思维之类。我犹豫要不要买这本书来看，我看过这位作家的一些近作，有点不以为然。但家琨兄的推荐我是很重视的。我决定再跟他聊一聊，于是私信问他对这本书的观感。家琨回我：我没有看过这本书。我问：咦！你没看过你给我推荐？！家琨回：书名的意思是对的嚜，就看书名嘛。

何小竹：苹果永远是一个隐喻

1

老友何小竹有两个重要的标签，诗人、小说家。有很多喜欢何小竹的诗和小说但不知其人其状的读者，会以他们的方式来描摹"何小竹"的形象。早些年前，有杂志编辑把"何小竹"收到女诗人专辑里。自从知道他不是女诗人之后，我就接到过好几个女编辑的电话问我"何小竹是个什么样的人"。

金牛座的何小竹，平时话不多，走路有点慢，抽烟很凶，喝酒也蛮厉害；在生人面前有点淡漠，让人觉得不太好接近；和朋友在一起相当平实可亲，让朋友们非常信赖。他很正常，既不滑稽也不飘忽，为人稳当，做事踏实；反常的时候只是酒喝多的时候，如果他突然开始滔滔不绝霸占席间话语权，就表明他喝多了，这个时候的他甚至非常淘气，会产生喜剧效果。

小竹，朋友们都这么叫他，好像没有哪个朋友叫他何小竹。只有他太太安柯叫他何小竹。小竹说，当安柯叫他小竹的时候，他会吃上一愣，然后明白这是让他帮忙倒杯水或者洗个苹果啥的意思。

认识小竹的时间记得很清楚，1998年。当时我刚生了孩子不久，他是我先生李中茂的朋友，上门探望。我清晰地记得我一手抱着孩子，一手斟茶，小竹赶忙站起来说我自己来自己来的那个场景。

之后，小竹成为我和中茂共同的朋友。2000年，我出版电影随笔集《华丽转身》，请小竹为我作序，他在序言里面给了我一个相当盛大的赞誉："既能将儿子养得虎头虎脑，又能将文章写得妖里妖气。"作为一个辛苦勤勉的母亲和作家，我对这个赞誉非常感动。

后来，我们两家在城南一个小区买了房子，成了邻居。近邻成亲。多年来，串门、喝茶、聊天、吃饭，土特产拎过来送过去，看着彼此的孩子逐渐长大，看着彼此的狗狗逐渐离去。两家人一同到外面去参加活动、应酬、聚会什么的，就商量好开谁家的车出去，回程时安柯当司机，中茂和小竹可以喝酒。我眼睛不好，夜间视力尤其吃力，早就不开车了。

很多个晚上，小竹和中茂这对酒友会在我家小酌几杯，甚为惬意。有时候，小竹喝到有点二麻二麻的时候止住了，然后慢慢站起身来，捡起桌上的烟、打火机和手机揣进兜里，说，好，我走了。一般在这种情况下，那个打火机都不是他自己的。在外面的聚会场合，他很多时候会下意识地把桌上随便哪个人的打火机揣进兜里，回家掏一堆打火机出来，很不好意思，然后下次聚会就揣一把出去，放到桌上让别人取用。他说，下意识揣打火机可能是因为经常在家里怎么都找不到打火机了，然后只好开煤气灶点烟。估计打火机真成了一个情结，这几年，小竹做一个诗歌公号，编辑推送很多诗人的作品，一周三更，相当活跃。这个公号名为"两只打火机"。

小竹在生活中有很多这样的轻喜剧感，他把它们都带进了他的小说中，尤其是在早年的短篇小说集《女巫制造者》中，这种轻喜剧感尤为突出。后来这本小说经过修订再次出版时叫作《女巫之城》。

老话说："世上本没有路，走的人多了，也便成了路。"套用这句话来说小竹："成都本没有女巫，被何小竹制造了，也就有了女巫。"

在"女巫系列"中，小竹所制造出的那种味道，飘荡在成都这个城市的空气里，并蔓延到其他城市。那些年，成都媒体圈、艺术圈、诗歌圈以及时尚写作圈的女性聚会，都有意无意地自称或被称为"女巫聚会"，这个称谓虽然不能说发端于小竹的小说，但是被他强化了，又被"女巫"们自己所认同，于是也就传播开去了。这几个女性圈子互有交叉，关系盘根错节，但都和小竹有着友好且深厚的交道，换句话说，小竹在成都的女性群众基础相当好，这成了他写"女巫系列"的前提。

我不知道小竹制造出的那种味道究竟该怎样来描述，统而言之是巫气，细细辨别一下，是清淡、恍惚、自恋、倦怠，是废话连篇和妙语连珠，是瞬间的清醒和总体的迷茫，是郁闷和欢愉的穿插往来，也是虚无和现实的相互搭救。这是一个族群的精神状态和情绪状态的写真。如果说要延伸到什么主义上去，那就是个人主义和享乐主义，还有一些浪漫主义。这话小竹不爱听，他最怕"主义"，这个比较宏大的词汇总是让他皱眉头。

其实，与其说小竹制造出了一种味道，不如说他提炼出了一种味道。这种味道是都市的、女性的、当下的；它既鲜明又暧昧，既养人又伤人，既让人向往又令人厌倦；它一直存在着，散发在女人的眉间嘴角，散发在成都的火锅店和酒吧里面，散发在一个个曲终人散意兴阑珊的夜晚里，它们像女人身上的香水、手中的烟和杯中的酒以及爱慕发生时的荷尔蒙气息一样，散发掉了，然后，被小竹捕捉并描述出来。

作为小说家的何小竹，在《女巫制造者》之后（也许要说前后，我记不清出版时间），陆续有《潘金莲回忆录》《爱情歌谣》《藏地白日梦》《他割了又长的生活》等小说面世，到了中篇小说集《动物园》，小竹正式地向他的导师卡夫卡致敬。他一直是一个寻找自我突破的创作者，无论是他的诗还是他的小说，他都在尽可能地寻找新的表达方式。对于何小竹的小说作品，我一直认为，如果从卡夫卡这个入口进入的话，一切就比较容易理解了。在《动物园》里，通过四个中篇的四个场景，动物园、排练场、夜总会、电影院，人之生存困境的无解和荒诞尽在其中。

小说家何小竹技巧高超，其叙述方式是平易随和不动声色的，就跟他本人的说话方式一样。你可以轻松进入随意前行，一切看上去都很正常，但是，越读越觉得有点不对劲，但你找不到在什么地方不对劲，而且找不到任何逻辑的破绽。这种情形有点像一直觉得有人在后面跟着你，但每次回头，背后都空无一人。直到你真的发现不对劲的时候，就如同看到你的面前有了一个从后面投射过来的影子，一切为时已晚，一张荒诞的网，兜头罩下。

有好些女人对我说，读何小竹的文字，对这个人很有好感。这种好感绝对是正确的。可以这么说，他集成都男人的优点于一身，却几乎没有成都男人的缺点。成都男人的优点是温存、风趣、有分寸和负责任。缺点也很明显，懒散、无厘头、惯于迟到。我们见惯了身边将这一好一歹结合在一起的成都男人，小竹近乎完美的为人便有令人惊奇的效果。这么多年来，小竹的口碑实在是太好了，男男女女要想在背后说点他的坏话是一桩不可能完成的任务。

一般来说，不会招人非议的人都是很闷的，但小竹全然不是，他的幽默感帮他从好人皆闷蛋的模式中跳出来。我们说不了他的坏话，但可以说他的闲话，然后把这闲话再转给他本人听。他听了，呵呵一笑，然后，写到小说里去了，一点也不浪费题材。曾经有外地编辑约稿请我写小竹，我是这样概括他的：他是一个兼具大智慧和小聪明的成都男人的楷模。

小竹最新的作品是自选诗集《时间表2001—2022》，这部诗集的时间跨度是21年，何小竹从38岁到59岁。这部诗集之后，始终保持容貌冻龄的小竹也即将迈入通常意义上的老年生活了。《时间表》是一部十分美妙的令人恍惚的作品。我读这本厚厚的诗集，一路有很多莫名其妙、莞尔一笑、若有所思、黯然神伤，这种层层堆积的阅读体验，让人一言难尽。中茂是小竹多年的好友，他们混在一起的时间很多，对小竹的诗，中茂有一篇短论，我很赞同。

谈何小竹的诗，我以为可以从两个方面来说。

一方面，在中国漫长浩瀚的诗歌传统中，大致有两个脉络渊源，一是诗经乐府，一是楚辞汉赋。前者诗经乐府一脉具有更明显的民间性质，往往是情动于衷，有感而发；后者更具有文人和官方色彩，更多是立意而作，主题先行；前者简约朴素，即有事说事，后者铺张华丽，不管说什么先要摆出一副说事的架势。何小竹的诗显然是与诗经乐府一脉相承的。

另一方面，中国现代白话诗歌不过百余年的历史，并从一开始就受到西方诗歌的影响，最初的白话诗作者很多人有留洋经历，因此，白话诗的语言不可避免地具有"翻译腔"的特色，人们阅读多了，便习以为常。以何小竹为代表的简洁明了的诗风被称为"口语诗"，甚至"废话诗"，对此我是不认同的。虽然名称并不重要，但其反映了人们诗歌观念上的误判甚至本末倒置。我认为，何小竹这样的诗风，其实是对翻译诗歌的一种反叛，其承继的是诗经乐府的传统，恰恰是更纯净的汉语诗。

有人认为《诗经》是由孔子编纂的。孔子说过一句话，

"君子不器",即君子有独立的人格,不会依附他人而成为工具。同样,诗歌也是如此,诗歌也不是工具,是独立的存在。何小竹的诗歌正是在传达这样一种诗歌观念:诗歌不依附于其他意义而存在,诗歌的意义就是其本身。读何小竹的诗,先不要着意他表达了什么,而要看他是怎样表达的,也可以说,表达就是意义。这样,诗歌本身就呈现了出来,你会发现,语言是如此简净,节奏是如此鲜明,不仅没有废话,连一个多余的字都没有。

有一天,我在小区的菜鸟驿站取了快递走出来,见朝左边的路上走着一个背着背篼的男人。那是小竹。他到网上买了一个背篼,用来取快递用,偶尔也背起到小区门口去买菜。这个背篼说来也是他的一个喜点,看起来有点滑稽,但仔细一想,真是很实用。那天他背着背篼,手里还拎了一个塑料袋,慢慢走远了。我没有喊住他。那袋东西,圆圆的,有红色透出来。我想了一下,可能他是先到小区门口的菜市场买了菜,然后再到菜鸟驿站取快递。那袋红圆的东西,多半是番茄,也有可能是苹果。就是苹果吧。

早年,小竹有一首诗,《梦见苹果和鱼的安》。李中茂以此为题画了一幅油画。在《时间表》里,我又读到了一首关于苹果的诗。

其实,何小竹并不喜欢吃苹果。他什么水果都不喜欢吃。

2

2024年5月8日的夜晚,玉林西路的白夜花神诗空间挤满了人,半城的文化圈熟人都到场了。"时间表:2001—2022——何小竹诗歌绘画展"开幕。这一天,是白夜26周年生日,也是何小竹的生日。

熟悉何小竹诗作的读者,都对他精准捕捉日常瞬间的能力有着非常深刻的印象。这些瞬间,在何小竹的笔下呈现,总是带着一些诙谐的荒诞和一些难以言说的况味,于是,读者也总是可以从中观照和对应自己的日常,获得一种莫名的慰藉。这样的观照、对应和慰藉,在这次画展中也可以获取,获取的分量,因人而异,因人而宜。

何小竹的诗,对景物、事件、细节、气氛、情绪、心境的书写,似乎是一种结结实实的记录。但在持续阅读之后,会有一点疑惑:这种很像现实的诗,真的是现实吗?会不会可能是现实?仿佛是现实?

读到一定的时候一定的体量,比如阅读《时间表2001—2022》这部厚厚的诗集,到后来,就会有点恍然大悟:

它们跟现实很像,但其实并不是现实,那一丝虚空,或者说那一点扭曲,就是诗。而拿捏住这种微妙之所在,就是诗人的才华、见识、境界,还有日复一日年复一年淬炼出来的手艺。

这些难以察觉但又能确实感受的虚空点和扭曲度,在哪里呢?

这一次，我们似乎可以通过《时间表》这个诗画展一窥究竟。

何小竹的油画作品，与他诗句中经常携带的淡定、茫然、心酸、无奈、恍惚、失焦以及些许的欣喜和微微的苦涩……做了一次契合度很高的对应，它们都埋藏在画面之中，又从画面溢出。诗与现实之间的那一点错位，在何小竹的画里，也许就是那些模糊的笔触和色块。

比如何小竹诗作中我很喜欢的一首，《苹果的隐喻》：

  能有一只苹果
  放在那里我已心安，吃不吃已无所谓了
  所以才有这一次时间的放弃
  以便它在所有的时间
  都散发出诱人的芳香
  所以，对我来说
  苹果永远是一个隐喻

为这首从日常对象出发的带有浓厚的精神性的作品，何小竹创作了两幅画：边缘模糊的圆形的绿色块，一个没有面孔的人与桌上的一个青苹果对视。这些表达，都相当到位地与诗的气息连接在了一起，同质效果十分明显。在我读来，诗与画各自的创作边境是开放的，也就是说，我可以由画走到更多的语言形态之中，也可以由语言形态想象衍生出更多画面内容。

对于何小竹来说，他在用他的画对应（不是阐释）他的诗的时候，有着不同角度的寻找。有好几首诗，他都用了好几幅同题画来对应，《苹果的隐喻》有两幅，另外，《暗号》有四幅画，《屋顶花园》有三幅，《回头草》有五幅，《隐》有四幅……诗人/艺术家对一个主题的反复呈现，表明了诗作内涵的丰富性调动了绘画创作的兴奋点，衍生出了更多方向和角度。但是，对于读者来说，如果把一首诗的四幅同题画理解为四个角度四个层次四种情绪，那是对诗作和画作阅读的双重设限。

在何小竹这里，诗与画，呈现了各自的秘密，它们相互回应，但不能相互覆盖，两种艺术形式的转化，彼此不能替代。作为一个著名的资深的诗人，何小竹在转换另一种表达形式时，选取这样的绘画语言，仔细想来是自然，也是必然。我们在观看"时间表2002—2022"这个画展的时候，如果把诗作为画的解读，或者把画作为诗的注解，这样的阅读方式虽然比较轻松便捷，但是，同时也就很有可能错失了另一种深入且有趣的结构和景观。

在我看来，何小竹的诗和画，它们并不是对方的"灰空间"，而是彼此独立、中间有一条连接两个建筑空间的廊道。从这个角度来说，诗人何小竹和艺术家何小竹分别且完整地存在着。

李中茂：成为一个画家

我以前觉得，我的先生李中茂好像是没什么表达欲望的，所以，虽然他年轻时也写作，小说、散文、随笔各种体裁都涉猎，那是被青春期的才华和热情感染后的兴致之举。所以，后来他有很长一段时间放弃了写作。与其说是写作这种过于枯燥的劳作，让本质上是一个享乐主义者的他很难产生持续的动力，不如说是根本上的表达欲望的缺失。

在我的视线范围里，很少看到像他这种人：自青少年时代确立的价值观始终如一，且不以外界的各种标准作为参照，一直保持着天生的自信和饱足。所以我说，他是一个"天人"，很幸福。

迄今为止，我也很难说清楚他是如何处理自己跟周遭的关系的。他是一个勤俭、克己、体贴、细致的人，作息规律，效率很高，擅长烹饪，喜爱园艺，对生活的品质和细节要求很高，用一种常用的说法概括就是一个热爱生活的人。但在我跟他长时间共同的生活中，我发现，这个世界很多事情对他的影响很小，大多数人关注谈论的事情，在他那里完全无动于衷。在他身上，时代共同记忆相对稀薄,个人成长痕迹更为明显。这种痕迹沉静、雅致、有洁癖,内观很重,偏向于赏析并乐于赏析且精于赏析。

2021年5月10日,我发了一条朋友圈,我写道:

今天,你60岁生日,即将从工作了一辈子的四川日报集团退休。祝贺!

今年,我们银婚,25周年。我太早地选择了自由的职业,也享受了这份自由带来的轻松快乐。这一切的背后,都是你默然无语的支撑和稳固,犹如你几十年来日复一日地买菜做饭。几十年如一日,就是深厚的修行之为。深深感谢!生日快乐!

那么,这个人是怎么突然成为一个画家的呢?

D.H.劳伦斯也是一个突然成为的画家。他自己在《作画》一文中说,那年,他40岁,在意大利,"……当你有了空白的画布,一把大刷子蘸满了颜料,你就会一头扎进画布中去。那情形就像一个猛子扎进水塘中,然后开始疯狂地游泳。对我来说,那就像在一条湍流中游泳,害怕、惊恐、喘着气挣扎着活命。理性的目光尖锐如针,但画就全然出自本能、直觉和纯粹的肉体动作。一旦本能和直觉进到了刷子尖里,那画就形成了,如果那能成为一幅画的话。至少我的第一幅画就是这么画成的,就是我命名为《圣徒之家》的那一幅。"

我似乎有点理解了一个画家是如何产生的。确实，这中间很可能就是本能、直觉和纯粹的生理需要在产生作用。我指的是那种突然成为的而非经过专业训练后逐渐成为的画家。他们本来是在另一条职业道路上有条不紊地走着，但某时某刻，有一种东西突然同时触动了他们的心灵和肉体，于是他们拿起了画笔。我自己亲眼见证过这种有如神迹般的事情——我先生，李中茂，一个资深媒体工作者，也是一个艺术爱好者，但从没有作过画，2007年的一天，他突然就面对着一张画布用油彩涂抹起来。从此之后，他业余时间里的热情、专注和体力都给了作画。到现在，已经17年了。

一个从事文字工作的人，骤然间挣脱所习惯的表达的藩篱，然后以另一种表达方式来呈现自己的情感和思想，这个过程在我看来好像挺像梦境的。在我的想象里，这像一个人驾驶车子由西向东走着，很习惯，也很疲倦；突然，一道炫目的阳光掠过，或者一个短暂的瞌睡闪过，人在那一刻有点恍惚，有点神不守舍，待清醒过来后，突然发现，车子的方向变了，是由东向西在走着。那一刻，该是多么惊惧，又是多么狂喜啊！早就想由东向西了。

赫尔曼·黑塞是一位作家，也是一位画家，他有一句话是这样说的："凡是竭尽全力趋向中心的人，凡是努力趋向真实的存在、趋向完善境界的人，外表看来总比热情者要平静得多，因为人们并不总能看见他们灼热的火焰。"是这样的。内心有火焰的人，一旦遇到合适的表达途径和表达手段，那股灼热就会喷发出来，突然而至，然后持续向前。所以啊，成为一个画家，也是命定的。

长时间以来，我是中茂油画的第一读者，也是粉丝。每每一幅画完成，我就到他的画室去观赏，很喜欢他画面中的那种静穆优雅的气息以及画面背后延伸出来的带有神秘感的文学气质。更为感慨的是，那些笔触、色彩、体量……那么丰富和美好。

2016年，第三大街艺术机构在大观美术馆主办了李中茂的首个个展"我遇到了巴尔蒂斯"。2017年，又主办了"刘华忠与李中茂双个展"。2021年，李中茂的第三个个展，在刚刚落成的第三大街社区美术馆主办。再之后，是2023年5月D空间的"看见——李中茂油画展"和2023年10月明月远家的"触景生情——李中茂风景油画展"。从第一次个展到现在，这么多年来，他的绘画一直保持着成长性，在保持文学性的特质和安静的气息之外，色彩的变化和笔触的变化，都是很明显的。从画面中，我看到了李中茂在其作品中的喜悦和努力。唯有喜悦，才可能潜心且努力。应该说，用绘画这种方式来进行表达的李中茂，很幸福吧。

2023年进入深秋之后，中茂暂停了他的油画创作，转而潜心写作，把他在疫情三年里写的关于西门庆的一本随笔收拾完稿交给出版社了。多年来中茂对出书没有兴趣，虽然这些年来陆陆续续也有一大堆文稿了，但他自己认为只是把各种文章结集出版没啥意思，但是，这本论西门庆，是他深厚的古典文学功底以及多年来对《金瓶梅》的浓厚兴趣和深入研读在一个点的爆发，这次，他认真了。文学和艺术，对于创作而言，是双向滋养和双向通道，是中茂的日常，这一次，他终于借由写作来实现他的表达了。

石光华：整体主义家宴

2023年10月，诗人、美食作家石光华的又一本美食书《川菜的味道美学——辣椒真味》出版，他为此在华兴街的一家馆子搞了一个送书会兼五位川菜大师联袂献艺的晚宴。那天，很多老友来到现场，被石老师点名上台领书并听取叙旧点评。场面十分欢乐，很像学生考完试后，被老师一个个点名走到讲台领卷子，每个人都是高分，都被表扬了。我和李中茂被喊到一起上台，分别领了签名书，像两个并列名次的好学生。话说石老师每次送书，都是我和中茂各一本，按他的话说，一家人，两回事，两个都是我的朋友。喧闹中，有他的老友嘟囔，石老师搞啥子哦，好麻烦哦，直接把书发了就是了啊。旁边有人说，三点开始的活动，五点半吃饭，你说这两个半小时咋个整？大家"哦"了一声，齐声夸石老师高招。

诗人石光华是20世纪80年代就开始活跃的成都诗人，古典文学功底深厚，早年在诗坛出道的时候举的是"整体主义"的旗子。我最早读到他的诗，好像是那首《炼气士》，"身形仿佛水势/吹风的夜晚云气清淡/在镜中你深不可测/薄薄的衣袍日见消瘦/四周林木高远……"《炼气士》是石老师80年代的作品。90年代中期,我第一次见到石老师的时候就想起这首诗,心想,真有点仙哦。

后来,石老师的诗人头衔之外加了一个美食作家,2004年,他出版了《我的川菜生活》,2017年,出版了《我的川菜味道》。

当年,《我的川菜生活》一书坊间大卖。朋友们都知道他精通美食擅长烹调,于是都夸赞他修成了正果。光华颇不以为然,认为这种说法是以偏概全,坚持认为那是他的余兴之作,他说他只是一个"就在家里做点小菜的读书人"。不管怎么说,这本书带给石光华的好处也是明显的,让他走州吃州,走县吃县,成为伙食界的大咖,成都餐饮界齐声恭称"石老师"。大家都等着他后面的书,但很久都没有下文。作为一个美食作家,这样的出书频率确实太慢了,按他自己的话说,都已经成了"老赖"了。"便宜占多了,占久了,总归是要还的。拖着不还,就成老赖了。老赖不好,大家不喜欢,我自己也不喜欢。何况我得了读者那么多鼓励和支持,得了川菜那么多恩惠,心怀感激,就该有所回报。"

二十年了,第三本川菜终于出来了。《川菜的味道美学——辣椒真味》,据说这是石老师关于川菜美学系列的第一本。

当年,《我的川菜生活》出版时,我立马就开始读,同时也在看另一本美食书,美国的职业大厨兼作家安东尼·伯尔顿的《厨室机密——烹饪深处的探险》。一外一中,一西一东,我穿梭得乐不可支。如果被黄油、调味汁、番茄酱、肉馅饼、牛排、烤肉给闷住了,就钻进熟油辣子、泡海椒、花椒、泡菜、干煸苦瓜、酸萝卜老鸭汤里面去清清口、换换气；如果被石光华那"细致的酸腐"给弄得有点过度清淡玄虚时，我就听听伯尔顿那邪恶、粗暴、元气十足的美国佬的喋喋不休。

《我的川菜生活》让我读得十分过瘾，遇到石老师的时候就要请教他一番，于是石老师把桌上的酒和菜、旁边的树、面前的人和古典诗歌以及各种人生要义来个贯通。我说，这就是整体主义嘛，整体主义就是整合的意思嘛。他酒没喝多时说，也不是，严格地说是这样的……若酒喝多了，他会说，哎呀，搞法，就是一种搞法。

我认识石老师这些年，每次见面都能听到他的很多妙语。有一年，白夜的夜晚，石光华对大家说："本人偶得一联，缺一个横批。上联，把盏兄弟喝夜酒……"停顿，大家叫好，光华环顾四周，微笑，"下联，怀抱美人睡懒觉。"众人大笑。小竹说："横批有了：想得安逸。"翟姐说："就是一个二流子的幻想嘛。"

那些年还有很多光华妙语，但好多都在回家的路上就忘了。我想是被整合得太凶了，加上他痴迷的三境，留白、返空、入虚。我被各种搞法给搞失忆了。但有一次我记忆深刻，那次他对我说："洁尘啊，都是虚的啊，我觉得我的生活都是虚构的啊，连我这个人都是虚构的啊。"这句话我记了很多年，也在文章中用了好几次。前几天，我看到网上一个访谈，对方说，有人说你是一个被美食耽误了的诗人。石光华说，我是一个被人生耽误了的诗人。

还是《我的川菜生活》热乎的那个时期，有一个星期天的晚上，大家还是在白夜玩，在座的有石光华、何小竹、翟永明、何多苓、马小兵等人，还有我和我先生李中茂。中茂每次和光华碰面，都要聊聊做菜的话题。这两个人，在圈内都算是掌勺的一把好手，且都能说出个子曰来。说得起劲，于是大家起哄让两人较一较厨艺，让家常川菜（川西派，石光华是成都人）和家常北方菜（李中茂是天津人）碰一个面。

成都人一般说个什么事都是说来耍的，但这回来真的了。时间确定下来：两天后，星期二；人员确定下来：那晚"白夜"在座的原班人马；地点确定下来：在我家，搞个家宴。

星期一，我家保姆阿莲就开始紧张了，让中茂给她写了个所需原料、配料和作料的单子。星期二一早她就起来发墨鱼，发海带，又上菜市场点杀活鸡、采买各种菜蔬。阿莲是又紧张又兴奋，石老师是她的偶像，那本《我的川菜生活》，她一直反复地看，还照着上面附录的菜谱做过好多次菜。说好也让阿莲做几个平时她拿手的小菜，她开始怎么都不肯，一直说，哎呀，人家石老师要来啊，我咋个敢嘛？让我费了半天劲讲偶像也是人，对偶像不要盲目崇拜的道理。

说好了：主菜由石光华和李中茂分别领衔，另外川东菜系代表人何小竹任第一配角，阿莲任第二配角。我司职服务生，负责碗、筷、酒杯、茶杯、餐巾纸什么的。其他人负责吃。

那天的菜式是这样的：清蒸鲴鱼、山椒煨凤爪、红烧冬瓜、太婆韭菜——石光华；墨鱼炖鸡、茄汁银鳕鱼、素烧茄子——李中茂；酸糟蒸肉、青椒炒大脚菌、凉拌萝卜丝（红味）——何小竹；

糖醋排骨、鱼香紫菜苔、炝炒莲白、清炒蘑菇、凉拌萝卜丝（白味）——阿莲。

酒出了点差错。中茂用榔头敲开了存放几年的一罐原装花雕，却不想酒已变酸了，尝了一口就倒了；幸亏他的自制泡酒味道正醇，立刻驱散了这点小阴霾；几个女人喝何小竹带来的青梅酒，好喝。

大家纷纷说好久没有吃家宴了，感觉真好啊。何多苓说，感觉好还使劲说话？像我一样闷头吃啊！

菜越吃越少，酒越喝越多。从饭桌上撤下转移到客厅里继续喝。都喝杂了，泡酒、果酒加后来的葡萄酒。渐渐地，何小竹话越来越多，李中茂话越来越少，何多苓埋在沙发里盯着手机发呆，马小兵仰着头面如桃花地迷糊过去，只有石光华还记得和我谈话的主题，大着舌头从正反侧几个方面继续向我阐释整体主义，我大着脑袋听，翟姐和小竹夫人安柯她们在一旁不停地嘿嘿笑。

一场完美的整体主义家宴。

唯一抱憾的是阿莲。她那天照着石光华书里的菜谱做的糖醋排骨，完全比不上她平时按自己的方法做的，这本来是她的拿手菜之一。

别录：成都节气写意

一 立春·初绽

有一种红,再是明艳也有

一丝雪意,一点墨痕

这是殷红

春心初绽,一闪而过

先看见花瓣,还是先看见骨朵

先看到你,还是先看到过去的你

在哪里合适?在哪里更合适?

没有什么合适与更合适

它在那里了

春心一程

这就准备渡了

如果你来,都在

如果你不来,都在

二 雨水·濡羽

在顶,在底
凝望同一树大花
不只这一树。但对于你和我
只这一树
深浅不一,明灭有时
第一滴雨,停在哪里比较好?
睫毛还是翅尖?
就得这么纤细
就如同濡羽逐渐成为一个名词
的过程
来吧
去年回避不语的那些事,此时
有问必答

三 惊蛰·虫视

去年醒晚了,被一棵小桃子砸在头上
今年……好多花
这是醒了吗?
既然这么问,那就是醒了

好迷糊好迷糊啊

据说

我不是去年的那个我

明年,又会是另一个我

那么今年,有什么事迫在眉睫?

这么纷乱,这么甜蜜

如果有一天回想起来,会觉得

这些都是梦里的事情

四　春分·烂漫

几枝就好

多了太耀眼,头晕,脑涨

其实是高兴的

还是羞涩

还是有点皱皱巴巴

还是有人在三月里唱歌走调

天光陡然高远

裤脚短了,袜子也短了

风丝缠了上来

才知道

胡豆花和油菜花开在一起

五　清明·洞悉

少睡一会儿吧

让花瓣和湖水的颜色擦过额头

殷殷的沉默

日光已经散去，月光尚未抵达

回忆模糊

怀念隐隐约约

剩下的只有决心

把自己弄得筋疲力尽但不能退却

无从退却

另一场出发即将开始

得做，还得做出来

才能说明你能做出来

洞悉

六　谷雨·选择

我不驻足停留

我要从草叶上

滑下去，滑下去

不做人，做一只短暂的虫子

谁不是寄居在世间？！
短暂和长久，没有区别吧
如果再有选择的可能
那就只从鸢尾花叶上滑下去吧
紫色和蓝色会因加速度
成为色彩的骤雨
淋透，淋透
这样一来，那些白色的鸢尾
就可以忘记了

七　立夏·深渊

你在，我不睡
欢愉
你不在，我也不睡
思念
在不睡和不睡之间
蔷薇一直开
最后的那朵
在最高那一枝
在最低那一枝
在最高和最低之间的

许多许多许多……枝

明年再见

虽然我不知道能否认出你

不重要

尽于此刻

无尽于此刻

八　小满·秘密

这是夏天的秘密

花与果之间,

有一条通道,轻盈,沉着

艳丽从始而终

金色的,红色的……

金有多少,红有多少

这是个秘密

世间唯有的金红色,就这么成了

通道就是虚空

是不在之物

每个工匠都在寻找不在之物

以才华填充

这是夏天的秘密

九　芒种·逸出

春花，夏叶，秋果，冬枝

青梅乱季

青梅入酒

青梅适合精巧的论证

酿和泡，哪一种融合更加曼妙？

谁带我来到这里

谁能把我带回去

一个不喝酒的人曾经醉过

青梅与青梅酒之间

过去和未来携手逸出

你，和现在一起消失

倏忽一瞥

酸甜参半

十　夏至·无尽

夏日盛大

夏日绵延不绝

所有温存的秘密都在

攒聚的花瓣之中

每一朵都完整

每一簇都圆满

鲜艳退后几步

清凉，常驻

还要绽放多久啊

其实想问

还能爱慕多久啊

无尽之夏

十一　小暑·眩晕

是蝴蝶翅膀尖的那一点

是太阳最安静的时刻

是金色烈焰之后的

紫色熄灭

芬芳的冰凉的眩晕

记录下来

就能成为

深渊？

寻找

为了能够惋惜

我找不到透明的紫

我找不到透明的笔

一处清凉

处处清凉

十二　大暑·滋味

只剩下大雨的声音了

看到皱褶的花瓣

看到一只葫芦在屋檐下

纯朴地倒挂

就看到了白

只剩下大雨的声音了

看到壶中姜色的酒

看到平日的滋味消失在水里

看到一夜无眠

就看到了白

只剩下了大雨的声音了

看到谈吐惘然

看到你心不在焉地

走进夏日深处

就看到了白

十三 立秋·期颐

逃开那些虚假的激情

否则真正的激情会被稀释

蜻蜓近马

葫芦缠枝

今年最后的嫩绿

留在了果实的深处

知道就行了

一旦赞美

一切就会消失

微物之妙需要沉默庇护

初秋的颜色，不用猜测

只是凝视

只是虚心

只是期颐

十四　处暑·恩宠

年年这一天
是处暑,也是某一个日子
虽然不一定,但决定
就这么记忆和延续
倏忽如网
漏下去,就细密如织
铜不会知道自己是铜
除非已经变成了黄金
时间这么久了
耐心如初
耐心以待
想从中得到什么?
来自岁月的恩宠

十五　白露·摇曳

味甘,性寒,风起
夏天的裙子和虫子都在
去年的秋衣不知下落
河水已经落下去了

在岸这边，在岸那边
摇曳的不仅仅是芦花
规模是个问题
单独也成立
不能细想，这一年一年的
快与慢
天光已晚

十六　秋分·纯朴

满月之日
昼夜难辨
宜静，不宜动
棉花开在天上
那么晴亮，那么纯朴
如雪
如云
如心
如意
我记得你的
白衬衣
还是白衬衣

最合适你

十七　寒露·亲密

一夜入秋

清寒忽至

绿色，从顶端开始告别

到达金黄地带

还需要走上一程

驻留和远行

不知道哪一种更像亲密

对于情感

精巧的论证显然无效

就像某一种思念

跟淡漠和疏远很像

秋天太快了

下决心做个慢性子的人吧

在所有的到来之前

十八　霜降·欢喜

世界由无数的唯一组成

类比其实不成立

但还是想把你跟同类作比

比如

跟溪间秋风

跟欢喜流入心底

跟朴实

跟值得以及非常值得

你是一种常见又稀罕的存在

年年岁岁

见，是你

再见，又是你，还是你

十九 立冬·难题

红叶交织的天空

玉一般的润和鲜

现实和虚构的壁垒在此消失

进和退都很自如

绚丽如彼

璀璨如此

令人晕眩欲泣

一生中遇到的最大的难题

就是美

深陷，然后出发

出发，又是深陷

这一路的跋涉的情感啊

如此唐突和强烈

羞于示人

二十　小雪·覆盖

世间有很多绝配

胡萝卜和兔子

玉米和鸡

蔷薇和猫咪

旱金莲和大金毛

那么，小红果呢

让人怜爱得手足无措

这一颗颗的宝石

跟什么做朋友好呢

这么艳丽、紧凑

雪前，不足

雪后，不够

雪中，是一种期待

等待另一种期待

覆盖

二十一 大雪·踪迹

每年接近尾声

他们都会出来

望风，透气

在每一朵芬芳的花瓣上

静静地坐一会儿

是那些被阅读的大雪覆盖得

异常苍白的孩子

一千年

一百年

十年……

开头和结尾

都没有踪迹

这是一种被规定的命运

与远方、对岸和奔跑

隔着一次

冷香幽深的呼吸

二十二　冬至·涉笔

南方的覆盖

艳阳就是深雪

在城西

阳光中的美人

盛出一碗碗藕汤

糯，香，文火的功夫

晚霞无法等待

涉笔难以成记

离开，穿行，由西至南

夕阳被留在了身后

纸上

有一种叫雪柳的枝条

接近春天

二十三　小寒·往事

俳人和诗人

都更容易看到花的无常

一位俳人凝视繁花

今年就成了往事

一位诗人回想起一生中后悔的事

梅花就落满了山谷

这骨碌碌翻滚而下的一年

时间如流云飞逝

凝视和回想都被快进被消音

迅疾、无声

花朵还是按照她们的节奏

不疾不徐

冬天最后的时光

绿梅清美

无论是阴是晴

谁能忍心漏看

二十四　大寒·低语

年之终

并非年之始

大寒如渊

渡月、渡日

大寒如玉

琢心、琢意

纤细的花瓣后面

已经有开始萌发的新芽了
且渡且琢
耐心就是力气
发愿,只不过要求日常如初
在远路迢迢的春天到来之前
默然于心
低语

图书在版编目（CIP）数据

故乡·他乡/洁尘著. -- 成都：四川人民出版社，2025. 8. -- ISBN 978-7-220-14176-8

Ⅰ. I267.1

中国国家版本馆CIP数据核字第2025E1N091号

故乡·他乡
GUXIANG·TAXIANG

洁尘 著

出 版 人	黄立新
责任编辑	唐 婧
装帧设计	朱星海
封面油画	李中茂
插页图片	洁 尘 刘 炯
责任印制	刘雨飞
出版发行	四川人民出版社（成都三色路238号）
网 址	http://www.scpph.com
E-mail	scrmcbs@sina.com
新浪微博	@四川人民出版社
微信公众号	四川人民出版社
发行部业务电话	（028）86361653 86361656
防盗版举报电话	（028）86361653
制 版	成都编悦文化传播有限公司
印 刷	成都蜀通印务有限责任公司
成品尺寸	143mm×210mm
印 张	18.75
字 数	410千
版 次	2025年8月第1版
印 次	2025年8月第1次印刷
书 号	ISBN 978-7-220-14176-8
定 价	78.00元（全两册）

■ 版权所有·侵权必究

本书若出现印装质量问题，请与我社发行部联系调换

电话：（028）86361656